人间小喜

陈晓辉 著

·北京·

Copyright ©2025 XIYUAN PUBLISHING HOUSE CO.,LTD.,CHINA
本作品一切中文权利归 **西苑出版社有限公司** 所有，未经合法许可，严禁任何方式使用。

图书在版编目（CIP）数据

人间小喜/陈晓辉著.--北京:西苑出版社有限公司，2025.3. --ISBN 978-7-5151-0926-8

Ⅰ.I267

中国国家版本馆CIP数据核字第2024BU2152号

人间小喜
RENJIAN XIAOXI

作　　者	陈晓辉
责任编辑	丁洪涛
责任校对	高　虹
责任印制	李仕杰
开　　本	700毫米×960毫米　1/16
印　　张	16
字　　数	177千字
版　　次	2025年3月第1版
印　　次	2025年3月第1次印刷
印　　刷	鑫艺佳利（天津）印刷有限公司
书　　号	ISBN 978-7-5151-0926-8
定　　价	49.80元

出版发行	西苑出版社有限公司
	北京市朝阳区利泽东二路3号　邮编：100102
发 行 部	(010) 84254364
编 辑 部	(010) 61842768
交流邮箱	dinghongtaobooks@126.com
总 编 室	(010) 88636419
电子邮箱	xiyuanpub@163.com
法律顾问	北京植德律师事务所　17600603461

摄影：陶锋

在人迹稀少的村落生活，人间烟火，是自己！

摄影：金瑜

一个人隐于山野，看春夏秋冬，看云卷云舒，做回自己！

序 言
活出生活的本来面目

连绵起伏的山峦，山风习习，绿意浓盛，周遭安寂。

山洞里，我和朋友两个人，煮茶清欢，惬意聊天。

朋友六十有余，已在山里居住二十多年，我经常会在空闲时上山找他喝茶。

"像你这样避世住在山里，每日和野花野草、清风明月相伴，心自然很静。但我还是很好奇，如果有人诋毁或攻击你，你会怎么办？"我问道。

"来不及了。"朋友不假思索地回答。

时间沉默，我陷入了思考。

"我自己花在自己身上的时间，让自己每日欢喜的时间都来不及了，哪有时间再去计较和理会外界的评价和攻击呢？如果是那样，我会活得很痛苦、很纠结，这不是我想要的。"朋友继续补充道。

"那你想要的是什么？"

"活出生活的本来面目，如实，接纳。"

一句话，让我肃然起敬。

我们大多数人都是生活的迷者：有的永远忙忙碌碌，停不下来，仿佛一停下来，很多事情就会出错，一边是忙，一边是内心不安，烦恼生；有的一直活在别人的眼睛或世界里，会因为别人一两句无关紧要的话，自我内耗，自我否定，自我攻击，耗去太多能量；再或有的活在别人的期许里，从来没想过自己的目标与追求到底是什么，仿佛别人要求的才是唯一或正确的，迷失自我。

《道德经》里说："反者道之动，弱者道之用。"任何事物都是相互转化，相互矛盾和相互赖以生存。快乐与悲伤，成功与失败，动力与压力，我们只要期待好的一面，保留好的一面，但是，痛苦依然会来，因为相对坏的一面也必然会碰到。

而活出生活的本来面目，如实，接纳，就可以让生活变得轻松，没有内耗。

一只蜗牛在绿色的叶面上慢慢爬行，一只蜻蜓在荷花上短暂停留，恍恍惚惚，一滴露珠从草尖轻轻滑落等，这些微小的日常都可以让我们觉察到欢喜。哪怕遇上刮风下雨，我们也可以选择做自己喜欢的事，晴耕雨读，少了埋怨和担忧。

世事纷繁，高低不一，起伏不一。

随缘不变，不变随缘，是为人间智慧，也是幸福的真谛。

陈晓辉　写于山间茶舍
2025 年 1 月

摄影：楼国磊

人生迷惘时，不如山间看看生命的倒影，答案是自己给自己的！

摄影:凌少枫

一个人安静看山,也是灵魂的供养!

第一辑

人间开一朵小喜

　　山路荆棘，我有小喜一朵；万物匆忙，我有小喜一朵；繁花凋落，我有小喜一朵；江浪翻涌，我有小喜一朵。

　　小喜是平坦，是宁静，是绽放，是船舵，在千息万变的滚滚时光里，小喜是初心，是不变，是守恒。

陪着青蛙看月光　/003

月亮是个会撒谎的孩子　/006

"半"煮人生　/009

人间小喜　/012

冬日看一场枯荷　/015

秋天来了　/018

昔归有味，牡丹清欢　/020

江南的冬天　/023

临窗听雨　/025

自然地成长　/027

时间之外，时间以内　/030

青　苔　/033

洒满清辉的月光　/036

她老了　/039

第二辑

活着，就是幸福

去放下，去体验，去珍惜吧。不与人比，箪食，瓢饮，陋巷，亦是幸福。生命无常时时刻刻，珍惜每一寸时光、每一个当下、每一个不可复制的瞬间。

倘若人生逆境拒绝不了，可只要还活着，我们就应该想起照在半山坡上的阳光，于微茫之中觉察出幸福和力量，对生活微微笑，笃定前行。

活着，就是幸福 /045

春日的思索 /048

心灯不灭 /051

心灵的成全 /054

遗憾着的美丽 /058

慢慢，慢慢 /060

生命的力量 /062

草木荒，不枯心 /064

读懂幸福的密码 /068

不应被惊扰的美好 /072

无情岁月有味诗 /075

心是命运的指引灯 /078

站在云朵之上看幸福 /081

蹉跎岁月中的剪刀老人 /085

乡　愁 /087

一场亲情的疼痛行走 /089

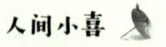

第三辑
没有一朵花会错过春天

  努力了，坚持了，总有一天会成长为我们想要的那般模样，因为世界上，没有一个人可以逃避磨难，也没有任何一朵花，会错过一个生机盎然的春天！

没有一朵花会错过春天　/095

来吧，和生命跳支舞　/098

恋着多欢喜　/100

永远的风信子　/103

心田上的蝴蝶兰　/105

生命的初衷　/109

生命与聆听　/113

善良自有痕迹　/116

亲吻苦痛的幸福　/121

黄昏，我和文字有场约会　/125

蝉鸣人生　/128

改变人生的四句箴言　/130

第四辑
春夏秋冬，清淡欢喜

　　世间美有种种——有南唐李煜的"寂寞梧桐深院锁清秋"、鲁迅先生的"花开花落两由之"、蒋捷的"流光容易把人抛，红了樱桃，绿了芭蕉"，还有李商隐的"曾醒惊眠闻雨过，不知迷路为花开"等。

　　但于我而言，世间种种之美，都不如面对困难，自己始终如一的内求——花开何须等春来，折一春色藏心房。

折一春色藏心房　/135

早　春　/138

冬的等待　/140

初秋，一瓣落叶的告别　/142

初　夏　/144

冬来了　/146

山野之秋　/148

一米时光　/150

自然与人情　/152

去远方旅行的书店　/155

岁月静好　/158

消失的艺术家们　/160

在罗埠，寻一漾慢的涟漪　/163

浅春深喜　/166

母亲的世界　/168

第五辑
总有一处风景温暖你的心

  人生的价值，真不是我之前所想的以为做了什么惊天动地的大事、拥有功名利禄等，而是在于，无论身处怎样的平庸与困境罅隙，都能以最美好的姿态，对待社会所赋予你的每一份工作，然后，用它，去温暖身边的每一个人。

细微见暖 /173

朴素的善意 /175

总有一处风景温暖你的心 /178

温暖心灵的橘子 /180

穿透隔墙的爱 /183

和风说话的孩子 /186

靠近你，温暖我 /189

时光中的感动 /193

见　喜 /195

人生低处见繁花 /198

生命里的暖 /201

被忽略的风景线 /203

如约而至 /205

第六辑

内心笃定，推开智慧的窗

　　永远不要忘记，不论外面的世界如何荒芜、黑暗、残酷与隐忍，只要我们心中有一朵寂静而勇敢的向阳花怒放着，笃定、自持，那么，生命就永远都有一种不可抗拒的力量，摇曳出斑斓姿彩，兀自温暖，兀自清香！

内心笃定的力量　/209

生活应懂得"退让"　/213

自然与宁静的相处　/215

欢喜一朵花瓣的飘落　/217

让杂草绚烂成花　/219

屋前月季　/221

真正治愈痛苦的方法　/223

学会微笑　/225

有月亮的晚上　/227

临摹裂缝　/230

我们的灵魂舒坦吗？　/232

有没有一朵春天的花，为你而开　/234

屋前的小菜地　/237

第一辑

人间开一朵小喜

山路荆棘，我有小喜一朵；万物匆忙，我有小喜一朵；繁花凋落，我有小喜一朵；江浪翻涌，我有小喜一朵。小喜是平坦，是宁静，是绽放，是船舵，在千息万变的滚滚时光里，小喜是初心，是不变，是守恒。

陪着青蛙看月光

我是一个喜欢安静的人，会在黄昏时分，坐在江边看日落；夜阑人静时，注视着窗台边的花创作；待次日清晨，一个人小镇上买菜，川流里，觉察人间烟火与捕捉生活。

可是，我从来没想过，居然会和一只青蛙一起看月光。

小区西门有一个农场及一片茶园，因为是林间小道，很少有人会选择行驶这条路。而我，每次却特别享受经过树林及茶园的感觉，空气清新，旷野寂静。

有时候，你可以将车停至路边，听听车载轻音乐，与过往的繁忙与疲惫挥一挥手暂时告别，在属于自己的小空间里，特别解压与舒缓。或者，拿出手机，拍拍照片，听听藏在树枝之间的鸟鸣声，风吹树叶的沙沙声，时间凝固，浅浅欢喜。

那日晚间，好友们相聚，他们都在倾诉生活与工作的不易，可能是受到了些许影响，自己也陷入了某种负面漩涡，挥之不去。告别，逃离，开车回家。

车子在林间小道上慢慢行驶，因为没有其他车辆，我打开了远光灯，这样可以更清晰地看看这晚间的树，甚至是突然闯入灯光内的飞蛾，或许是蝴蝶，哪怕是一只小蚊子。有了这些不经然的相遇，我的内心也充满了惊喜与好奇，心情放松了许多。

林间的雾气氤氲在车灯周围，迷迷蒙蒙的，加上路边昏黄色的路灯，安静的夜多了一层浪漫气息。倏然，我看到不远处有一样东西，将车停下，仔细一看，居然是一只青蛙。

全身青绿色，一动不动地蹲在路中间，似乎在等待着什么，又似乎在注视着什么，时不时发出"咕、咕、咕"的声音。我赶忙将车停下，开始观察它，顺着它的视线，我似乎明白了——

原来，它是在安静地欣赏今晚林间的月光。

月光如水，淡淡地泻在树梢上、地面上、一望无边的茶园上，甚至是，那些看不见的黑色之上。风吹叶面，加上路灯的熏染，月光也轻轻晃动，朦胧着诗意。

南唐李煜曾写下诗句——"归时休放烛花红，待踏马蹄清夜月。"他嘱咐下面的仆人，等下他回去的时候，不要点燃那些红色的蜡烛，不然蜡烛发出的红色之光，会破坏清新美丽的月光，今晚他要骑着马踏着月光回家。多浪漫的诗句，细腻且温婉。

或许，这只青蛙也是一位诗人吧，不然它也不会此刻如此专注地看月光。

我关掉车灯，下车，在夜色里，倚靠在车身上，和青蛙一起看月光。

月亮高高地悬挂在天穹之上，月光时而藏在树梢尖、藏在树叶后，静悄悄地，像是捉迷藏；时而大大方方地映衬在地面上，沿着稍稍蜿蜒的路，像是也听到了我的车载音乐，轻轻摆动曼妙身姿；又时而在远方，在目之可及处，闪闪烁烁，像星星一般，眨着可爱的眼睛。

大约过了十多分钟，青蛙似乎惊觉到有人在它不远处，慢吞吞地跳至草丛里，不见了。而我，似乎也没有了之前的焦虑，思绪不再陷于负面情绪内，转而是内心的小确幸、温暖和欢喜。

苏轼先生言："惟江上之清风，与山间之明月，耳得之而为声，目遇之而成色，取之无禁，用之不竭。"原来，世间芸芸万物，皆是心灵的一面镜子，你可以在它们之中照见自己、觉察自己、疗愈自己。

至此，每每遇见烦恼，我都会想起那只萍水相逢的青蛙，然后告诉自己，不要把时间塞得太满，也不要给人生设上太多的目标枷锁，量力而为，一动一静，一进一退，于嘈杂喧嚣的世俗里，保持一份清醒、一份恬淡、一份宁静，以及一份随遇而安的诗意，就很好！

月亮是个会撒谎的孩子

那个微凉的午后,我正在家里准备着第二天的出差行李,门铃突然响了,邮递员将一封普通的信件递至我手中,然后转身离去。

拆开信封一看,里面有两张信纸,一张上面只是写着零星的几个不规则的字——老师,我想做您的学生;另一张是密密麻麻的成人字迹,意思是说他的孩子先天性视弱,只能艰难地看见很近很近的事物,因此在学校里常被同学们嘲笑和捉弄,孩子虽小,但懂事,受了委屈不说,只是一个人偷偷哭泣。家长为保护孩子的自尊心便让她退学在家了,可孩子实在喜欢读书。于是,家长经别人介绍,给我写了这封信,请求我能单独给她辅导功课。

看着那些雀跃在泛黄信件上的深情字语,再看看孩子那稚嫩的字迹,我似乎看见家长那期许的目光和孩子趴在桌上,头努力低着,一字一字在信件上写字的情景。心被濡湿,倏然难过起来,难以言表。我拿出手机,拨打信件上留下来的电话号码,允诺免费给孩子复习功课,直到她重新上学为止。电话那头,是家长的万般恩谢。

那个春风横吹的周末，我见到了这位学生——一个非常拘谨而有礼貌的女孩子。扎着两个马尾辫，穿着整齐干净的衣服，笑起来，脸颊两边露出两个浅浅的酒窝。也许因为知道自己视力不好，她总是微微低着头，似乎有些自卑。

第一次见面，我没有直接给她补习功课，而是给她讲了许多童话故事，如《大灰狼与小白兔》《国王与大臣》《白雪公主和七个小矮人》等，以此来增进我与她之间的感情，好进一步了解她。她听得非常认真，回答问题也很积极，兴趣盎然的样子。下课前，我给她做了一道测试题：让她从前面的几个故事里，随意抽取一个关键词，然后简单地造个句子。她选择了"撒谎"一词，然后思考了两分多钟，一字一顿地说出了她造的句子——"月亮，是一个会撒谎的孩子。"说完，她捂着自己的小手，似乎非常期待着我的肯定。

这一句话，确实是我所未想到的，把月亮比拟成孩子，可以。可是为什么会"撒谎"？句子应该还没写完整啊。我一时不知如何回答，于是沉默了一会儿说："再认真想想噢，老师下次课来告诉你答案。"

走在回去的路上，脑子里反复回想着刚才的那一幕——在离开的时候，我似乎见到了那浅淌在她眼角的泪。想到眼泪，我猛然大悟：对啊，她是个视弱的孩子，只能非常艰难地看清眼前的景物，而月亮，或圆或缺，她又怎能知晓？于她而言，她只能从书本上或别人口中知道月亮的形状，有人说它像一艘弯弯的船，而有人却告诉她那是圆圆的满月。既然她从未看过月亮，而月亮却又无端变化，她便自然觉得它就是一个会撒谎的孩子。如此想着，我自责不已，她的造句是想让我这位老师告诉她困惑已久的问题的答案，而我的回答，却如一阵冰冷的风，让她原本生机勃勃的春天迎来阴霾寒冷的冬日。

第二日在学校上课，我拿她的造句"月亮是个会撒谎的孩子"问学生们是否正确，几乎是一大半的学生都否定了这个句子，可当我将女孩的故事陈述给他们听时，那些幼小的善良的心灵一下子便被感动填满，千万般要求我带他们去见这位女孩子。

当我们40多位学生排成一排，依次出现在女孩家里，并说着"月亮是个会撒谎的孩子"的造句真美时，女孩愣住了，然后冲上来，抱住我，哭了。她说，从来没有人对她这么好。最后学生们相拥一起，强烈要求女孩跟他们一同到我们的学校上学读书，做形影不离的好朋友。女孩允诺了，那是她第一次，抬起头，正视我们。那浅浅的酒窝里，绽开出一朵灿烂的自信之花。

数日后，我收到了女孩家长的来信，信的结尾这样写着："孩子从未见过月亮，也看不见，但是，老师您却在她心中勾勒出一轮美丽的月亮。相信，那皎洁的月光，会让她走出迷顿、困惑与自卑的时光……"

读完信，心中洋溢着一种温暖的幸福感。是啊，月亮是个会撒谎的孩子，这是我听过的世上最动人的句子。

"半"煮人生

半。一半。

留白。平衡。辩证与中庸。

朋友是书法家,书房内挂有其自己写的对联——

"半山半水半自然,半名半利半人生。"

品茶期间,朋友说,"半"的哲学在于积极和随缘两种心态,大有"尽人事,听天意"的味道。一开始,我对这副对联不以为然,觉得太过消极,后因生活忙碌而内心烦躁时,再读,豁然开朗。

"半"是留白。月盈则缺,花盛而谢。月圆满了后面就会有缺口,花朵盛放灿烂,接下去是枯萎,所以,人生不一定要填充得太满,对人对事一半,另一半时间留下来给自己,将奔波的心安顿下来,琴棋书画,诗意当下,人生快哉。

白居易在《琵琶行》中写道:"千呼万唤始出来,犹抱琵琶半遮面。"弹琵琶的人半遮半掩,让人非常好奇其弹奏水平到底如何,接着"东船西舫悄无言,唯见江心秋月白",她弹完后,东边和西边的画舫、船只都静悄悄的，没人发出声音来，只有江面上泛着秋日月光，说明大家都陶醉其中，足见其高超的弹技。

所以，真正的美，需要距离来成全，一半一半恰好。

"半"是平衡。有一律师朋友找我谈心，她身边的朋友多达官显贵，与她职业有关，可她却诉苦说，日子过得不开心，压力大，脆弱时刻，没有可以依靠的真心朋友，一脸的悲观。

我在纸上写了一个"半"字送给她：不要过多地外求，一味地向上看，生活都不接烟火气息了，不断地得到，被不断的更多的得到欲望覆盖，自然烦恼滋生。学会向下看，菜市场买菜，自己一个人拣菜、洗菜，为家人烧一顿精致的午餐；炎热的天，为路边的环卫工人买瓶水，听听他们生活里的喜怒哀乐，或许，这一瓶水，就是他们一天的欢喜；遇见路边摆地摊，卖自家种的水果或蔬菜的老人，多买一些，买后自己吃不下也可以分给邻居，老人会说你好，邻里关系亦会更好。

一旦生活有了烟火气，朋友自然来了，这样的朴素与温暖的朋友，与名利往来无关。抛开"律师"身份的自己，活在尘埃里，谦卑和柔软，幸福的雨露会被你自然接纳，因为此刻你的内心与平凡的世界是相互连接的。

"半"是平衡，一半在职场里努力和打拼，另一半偶尔生活在别处，不活在自己的身份和情绪里，逍遥可爱，人间美丽。

"半"是辩证与中庸。老子在《道德经》里言："反者道之动，弱者道之用。天下万物生于有，有生于无。"我们脑海里提出一个"美"的概念时，自然也会有另一半的"不美"与其对比，不然"美"的基础不存在，只不过我们把注意力放在了"美"的一半上，所以有了"美"。如此看来，

"半"是辩证统一，中庸之道，好坏顺逆相伴，难易相辅，有无相生。

懂了这一"半"的哲理，生活里我们就应该懂得时进时退，太过顺利和完美时，学会藏，韬光养晦，内方外圆，内刚外柔，尽可能地与人为善，不生傲慢之心；当人生处于低谷，迷惘、困惑与失意时，我们要心生坚强和希望，明白任何的人生坎坷都是在磨炼我们的内心，心的力量坚韧时，绝境之处就是人生转机。所以，财富多，名利多，不一定是好事；穷困潦倒也并不一定是坏事，关键是我们能否时时清晰自己的处境，学会进，学会退，守衡。

孔子先生言："不时不食。""时"是时节、时令，吃东西要遵循时令，应节律而食，进一步引申为遵循自然规律，亦如同做人做事恰到好处，中正平和。

喧嚣生活，"半"煮人生！

人间小喜

我是喜花之人，每次路过大小花店，总会买上自己喜欢的花——

白百合、向日葵、满天星、蝴蝶兰、洋桔梗等，满满一筐，很满足。

可这次却遇见一位非常有意思的花店主人，三十出头，扎着少女的马尾辫。她说："花不要买多，一次一样，或次次一样。"我很诧异，开店做生意，居然还有嫌别人买的花太多。

交流后得知，她的意思是，喜欢的东西可以很多，但多了便不珍贵，小喜，淡一些，少一些，却长久一些，更好。

简单的话，厚实的人生哲理，人间小喜，真好。

世人都喜欢喜悦是丰盛而浓烈的，像冬日窗台上的阳光一般，大朵大朵绽放，被感知到；或是草原上的驰马，欢快奔腾，纵情山野。可是，弥足珍贵的东西，总是少而淡的，不在眼睛里，而在内心处。

朋友情谊可以是小喜，无事可以不联系，但心有挂念。日日聚在一起喝酒吃肉，朋友就成了俗朋友，人间烟火成了欲望和吹捧，没了"喜感"。间隔一段时间，我想约你喝茶时，你也正想给我发微信，心照不宣。见了，聊聊琐碎和家常，分享经历与感悟，彼此吸收人生营养，多好。

生活可以是小喜，一日事一日毕，专注当下，不奢求过多，不焦虑过多。一位智者说，洗碗本是一件幸福的事，可是洗一段时间后觉得还没洗完，烦恼生；洗了这么长时间，也没有朋友过来帮忙，埋怨生；如果我再不快点洗好碗，我就不能及时做自己喜欢的事，做不了自己喜欢的事，人生似乎很没劲，越想越糟糕，恨不得把碗当场扔掉，愤怒和恐惧生。所以，洗碗就是洗碗，让我们痛苦的往往不是事情本身，而是我们的念想。把事做好，不起心动念，这就是幸福的秘密。

人生态度可以是小喜，不好高骛远，亦不自惭形秽，有着喧嚣世俗里自我的笃定与寂然。一盆在角落一隅的绿萝，一只在枝头欢喜的小鸟，一只在藤蔓上慢慢爬行着的蜗牛，一位注视着远方日落的诗人，一位挥动着手中画笔的画家，一朵荷，一瓣雨，一枯叶……他们心中都开着一朵小喜，不活在他人的目光与评价里，多好。

山路荆棘，我有小喜一朵；万物匆忙，我有小喜一朵；繁花凋落，我有小喜一朵；江浪翻涌，我有小喜一朵。小喜是平坦，是宁静，是绽放，是船舵，在千息万变的滚滚时光里，小喜是初心，是不变，是守恒。

年少时，我读柳永、李清照、苏轼的词句，婉约与哀怨，读后悲感浓浓："今宵酒醒何处？杨柳岸，晓风残月。此去经年，应是良辰好景虚设。便纵有千种风情，更与何人说？""梧桐更兼细雨，到黄昏、点点滴滴。这次第，怎一个愁字了得！""十年生死两茫茫，不思量，自难忘。"可是，现在我却觉得作者的悲色调中是带着小喜的，因为小喜也是那感伤、那孤独、那在时光里若有若无的惆怅。也正是这样的惆怅，诗词才有了品读的韵味，感情才显得真挚淋漓。

小喜是那花，那月，那山，那人，那平凡朴素着的芸芸众生。

人间有小喜，真好。

冬日看一场枯荷

我是一个非常吝啬看荷的人。

"接天莲叶无穷碧,映日荷花别样红。"密密层层的荷叶,你挤我挨着铺展,一眼的绿色望不到边际,荷花大大方方地绽放在阳光下,鲜艳娇红,这是我印象中的荷,它们总是被很多人围着拍照或欣赏,惹人喜欢,是一束众人捧阅的光。

三年前有一次去杭州开个人新书签售会,车子经过一个村庄时,看到一处荷池,大片大片的绿色之中点缀着艳红色、粉红色,像古代藏在绿意中的朦胧女子,在风吹摇曳下翩翩起舞。

特意停下车子,一个人沿着马路慢慢走,看荷花,赏荷花,差一点忘了等会儿还有要事,恋恋不舍离去,这样安静且美好的相遇后面再也没有过,荷花成了心中一道遗憾着的风景线。

前些天,一个人坐在办公室煮茶发呆,心里突然想起荷,于是决定驱车去郊区的小荷池内看冬日的残荷,更多的是,让心灵远离喧嚣,偶尔安定在别处。

荷叶已经枯萎了，在荷秆上垂落下来，像年迈老人布满沧桑的手，一阵倏然而起的风中，随时会落下来，落在荷池内，在水面上漂着，浮沉人生。荷秆高低不一，也没有了夏日时的坚挺，歪歪扭扭，很多已经自然折成了几段，清清瘦瘦。

有三只鹅和两只鸭在荷池内嬉戏，它们不怕人，似乎无视我的存在，又似乎它们和我一样，来避世的，不认识的人就成了一种干扰。我是从没有像那时一样安静看荷、看鸭、看鹅的，这间隙里，思绪万千——

我想到了市区的车水马龙，想到了鳞次栉比的建筑，想到了路边一排排的梧桐树，还有公园里的银杏叶，想到了昔日的荷池，人来人往，想到了自己的小时候，想到了往事幕幕。

小时候在农村长大，很调皮，喜欢赤脚和玩水，有时伙伴少，就一个人追着村子里的鸡和鸭玩，玩得时间长了，喜欢学它们。所以，当妈妈怒斥我为何不穿鞋时，我说邻居家的鸡也都不穿鞋；妈妈反问我为何经常玩水，说玩水危险时，我说村里的鸭也天天在水中玩耍。当时不以为然，现在想想那般回答，妈妈肯定是既生气又高兴，无语以对。小时候真好，天真烂漫，日子过一天算一天，生活叫生活，正如古人言——"春有百花秋有月，夏有凉风冬有雪。若是闲事挂心头，便是人间好时节。"

春生冬藏，一个人在舞台上演出，赢得满满的鲜花和掌声，即使再风光夺目，演出终会结束，一切繁华也会像此刻的荷池一般，归于平淡和安寂，甚至是落寞。

可是，我分明在寒风瑟瑟中读到了这一片荷池的品格：夏季盎然时，自然而然地活在他人的艳羡与欣赏之中，但不骄；冬季萧瑟时，及时退出人群和嘈杂，活在自我内心的懂得与笃定里，且不馁。这哪是看荷，是在觉悟且进且退，且退且进的智慧人生啊！

所以，我是有多庆幸那日能果断地去看一场冬日的残荷——人生行走，有高峰也会有低谷，高则谦卑，低则坚韧，心在俗世与荆棘上磨炼，春生万物且慎微，冬藏生机且豁达。

以前我是一个追寻美物的人，若早上起床想到杭州西湖，会立即买票坐高铁去，西湖边上看看鸽子、松鼠、路人、湖面和自己的内心，下午坐高铁回自己所待的城市。会突发奇想动身去看苏州的细雨，上海的戏曲。听大理街头丽江小倩的《一瞬间》，澜沧江边上小住，与热带雨林里的一朵蘑菇对话。这次看过冬日枯荷后明白，相比于美，苦难、残缺、贫穷等更珍贵，你能看到毁灭之后的重生，看到时间行走和四季更替的意义。

有时间，我们相约，一起去看一场冬日枯荷吧。

透过看荷的心，或许能看到迷惘中的清明，看到执念里的放下，看到尘埃深处的繁华，看到时时刻刻的欢喜，看到自在和喜悦，看到不焦虑的后半人生。

秋天来了

或许，秋天应该是从第一片落叶开始的，悄无声息中，在风的呢喃下，轻轻然，跌落下来，些许惆怅，些许释怀。

或许，秋天应该是从最后一声蝉鸣开始的，林间空旷处，听到一声蝉鸣，亲切和久违。竖起耳朵，耳畔却只有鸟鸣声，溪水潺潺声。山夫的一声吆喝，再无蝉鸣声。

又或许，秋天是从湖面上的那一抹月光开始的，山峦沉默，月色迷蒙，湖面上闪闪烁烁，像远处的万家灯火，又似一个人的星光璀璨，在湖水的涌动间，灯光忽高忽低，令人着迷。

噢，秋天来了。

秋天来了，买一束百合花。百合花的花期很短，从含苞待放到全然绽放，似乎只有半个多月的时间，我很珍惜这样与它朝夕相处的时间。粉色百合喜人，像生活里的热爱，内心深处眷恋着一些东西，有点憧憬。白色百合素雅，像江湖里来来去去，却依然干净简单，不油腻，不拖沓，不虚与委蛇，有着骨子里的明媚、真诚与洒脱。临近中年，我与朋友喝茶，经常会说一句话:"走入江湖,是为了有一天能走出江湖。"

秋天来了,给远方的朋友写一封手写书信。电子通信时代,视频电话与语音交流非常便捷。可是,却也是来去匆匆,时间忙忙碌碌,总少了很多牵挂。朋友是老的好,互相牵挂才是真正的温暖。收到一封信,保存好,心里烦躁或闲暇时,时不时翻翻读读,往事如烟,似乎少年时光又慢慢记起,青春、活力、疯狂,哪一个词不让人羡慕。生活里总要有一些依靠,比如一支笔、一封信、一把吉他、一条围巾……

秋天来了,和朋友约一场下午茶,茶具、茶壶、纯净水、茶叶、折叠桌椅都一一带上,找一山清水秀处,茶煮着,和朋友漫不经心聊天着,山野自然的一切都在疗愈己心。世界本多喧嚣,我们更应该爱惜自己,爱惜自己的身体和灵魂,照顾好它们。人生只是短暂一瞥,没必要心生烦恼,计较太多。能够影响你心情的人与事,不听,不看,不见,不想,决绝一些,淡然一些。想起年少时给自己取的笔名"逆枫",像枫叶一样,有棱有角,不随波逐流,不人云亦云。现在想想这个笔名,真好。

秋天是"月落乌啼霜满天,江枫渔火对愁眠",是"远上寒山石径斜,白云生处有人家",是"银烛秋光冷画屏,轻罗小扇扑流萤",是"洛阳城里见秋风,欲作家书意万重",而我心中的秋天是时间的一杆秤,前前后后,左左右右,找到心灵的平衡。

活出生活的本来面目,都可以,都接受,都欢喜。

一位智者如是说。

秋天来了!

昔归有味，牡丹清欢

朋友约喝茶，三五人，围着茶桌坐，阳光浅浅而慢慢。

茶室在城区，有隐于市的寂静。

朋友先拿出第一款茶，叫"昔归"。把茶叶放入茶碗内，摇晃，闻之，茶香沁人心脾。

第一泡，茶汤淡黄清亮，品之，像突如其来的甘甜，两颊与舌底生津，带着一丝丝茶叶的涩味。几泡之后，冰糖香开始出现，淡淡涩味，化得很快。直到十八泡后，茶的甘甜味依然存在，涩味慢慢消失，后面茶味慢慢回归平淡。

第二款茶，是2009年的"荒野牡丹"。茶叶清瘦，干练，有"野"的韵味。

本以为牡丹茶味会非常霸道，谁知第一泡却特别温和，淡淡的蜂蜜香与甜，其貌不扬的感觉。五六泡后，蜂蜜香变成了药香，味道也浓厚了起来。七八泡后，药香越来越浓，似乎有了茶叶本身的山野气息，让人爱不释手。

本想着把茶渣倒掉，朋友却微笑阻拦。他说，这款茶叶的精髓就在于它的茶渣。

只见朋友将茶渣倒入煮茶器中，加入山泉水，煮了十余分钟，瘦小的茶叶慢慢舒展。

本是不以为然地小尝一口，茶味却惊艳到了我，药香点点，慢慢品，更多觉察出的是茶叶本身与脉络的味道，纵横交错的感觉，像往事幕幕。

不禁对这款"荒野牡丹"赞不绝口，开始观察茶器里面的"茶渣叶子"，滚烫的山泉水，冲击、打击、浸泡着它们，但它们却与水融为一体，贡献出自身岁月沉淀的味道，似一位老人不急不慢诉说着人生故事，挫折和打磨都成了一种力量。

"最后的盛宴""尽善尽美""华丽的演出"，朋友们开始对沸腾着的茶叶一一评论。

我陷入沉思："昔归"和"荒野牡丹"，像极了两种不同的人生。一种是一开始就积极进取，持续地努力，不给人生任何的遗憾，最后慢慢平淡和谢幕；后者是一开始淡然一些、中庸一些，不急不躁，而后慢慢浓烈，本以为是仓促结束，却在终点时刻，华丽上演人生精彩，带给人回味无穷的香、暖、甜及思考，似落日前的黄昏，浓烈而庄重。

年轻的时候，我会更喜欢"昔归"，味烈而积极向上。经历过一些沉浮后，我更喜欢"荒野牡丹"，待机而动，后劲有力，有着时间罅隙里的智慧。

"昔归"是儒家的进取开拓，"荒野牡丹"是道家的隐匿和抱负，隐于山、隐于野、隐于市、隐于繁华和殊胜，择机而动。

以前喜欢喝咖啡，可以一个人在咖啡馆的某个角落里做自己喜欢的事，看窗户外来去的行人，阳光大朵大朵地趴在窗台上，似乎人生多了一些朦胧和浪漫。

现在喜欢品茶，午后，院子里，煮一壶茶，一个人或三两好友，时间过得慢，却又很快，有不舍，更多的是在回味过往。

有一次和一位画家朋友喝茶，一个下午两个人喝了两壶茶，彼此只说了四五句话，互不叨扰的感觉。道别时，我问朋友，你的画大家评判不一，有人喜欢也有人否定，你是如何看待这个问题。画家指着院子里的一朵野花说："喜欢的人喜欢就很好。"

"喜欢的人喜欢就很好"，多好的一句话，成功也好，失败也罢；圆满也好，残缺也罢；高兴也好，伤心也罢，都不活在他人的目光注视与评价里，活出心中的风景和自在。大自然里的景，大自然里的物，必然做不到人人欢喜，且也必然有着大自然里的自我悠闲与自在。

苏轼先生说："雪沫乳花浮午盏，蓼茸蒿笋试春盘。人间有味是清欢。"昔归是"有味"，牡丹却"清欢"，各自都有着笃定、侘寂与美丽。

所以，有了所谓的自我的喜欢，就有了"执念"，悲、喜、好、坏均是"执念"。"昔归"也好，"牡丹"也罢，遇见就是温暖，不生分别。

记得多年前一位智者和我说："世间事如那潺潺流水，知它日夜奔流，且也随它日夜奔流。"纷繁于外，美艳抵心，岁月里万物从容有序。

昔归有味，牡丹清欢，人间冷暖，自我觉知，这样便很好。

江南的冬天

我住在江南,最喜欢的是江南的冬天,四季如一。

一瓣一瓣的阳光,像画家笔下的水墨色彩,轻悄悄地透过雾气在山林里染下。满地金黄的落叶与阳光花朵重合,一簇紧挨着一簇,熠熠发光。有山夫在林间行走,提着篮子或背着锄头,时不时吆喝两句,层林却沉默着,江南的冬天来了。

没有了以往的喧嚣,冬天是安静的。

旷野里,一望无垠,萧瑟,简约之美。偶有一两只不知名的鸟,静站,发呆,倏然飞舞,像在远处和你打招呼,冷清里有了些许暖意。溪畔,有老者垂钓,有小孩嬉戏,也有撒网捕鱼之人,只是他们,互不干扰,各自青睐着眼前的事。

江南的冬天,你可以去杭州西湖边上静坐,梳理内心。会有鸽子飞至你的身边觅食,像极了旧友,蹦蹦跳跳着,藏着冬日的欢快。鸽子飞走了,松鼠在树间和你捉迷藏,东藏西躲,连枝叶都有了童趣。起身看看泛着迷蒙雾气的湖面,世事沧桑,此刻却内心澄亮。

"青砖小瓦马头墙，回廊挂落花格窗。"江南的冬天，你可以去白墙黛瓦的老屋里小住，暂时忘却尘世里的烦琐，碰上下雨天，在屋内看雨，雨珠一颗颗连成线，从天井里落下，溅起不成形的花朵，冬天成了一种诗意。也可以一个人撑把伞，去小巷里走走，看看农家人，听听细雨声，时间按下暂停键，点点滴滴的雨，落在心上，化成了甜，化成了美。

江南的冬天，你还可以去金华北山上看雪，一场初冬的雪，来得比较早，等的人却心急。雪婉约着下，似江南女子手中的刺绣图，一针一线，精致优雅。渐渐，雪漫天飞舞起来，落至树林间、房屋上、窗台上、草坪上，密密麻麻覆盖着，一袭华丽雪白，美得让人窒息，让人忘却人间的多少忧愁事。雪地里站一会儿，头发花白了，你可以想象到老年时的自己，多心疼。趁下一场雪，心里重拾一个少年的梦，人生一切恍如初见，不负芳华。

春生，夏长，秋收，冬藏。万物冬藏，岁月沉香。

东晋时名臣庾亮和陶侃吃饭，端上来一盘薤头，庾亮吃时总是留下根部的薤白，陶侃不解地问："为什么留下薤白呢？"庾亮答："还可以种。"藏冬之美，在于留白，在于清净与素雅，在于对一切不确定的笃定与筹谋。

我喜欢江南的冬天，喜欢好好地去和一整个冬天相处，如林徽因所说："冬有冬的来意，寒冷像花，花有花香，冬有回忆一把。"侘寂里，煮一壶茶，看着窗外的一枝枯影，且藏且美。

临窗听雨

真爱雨中漫步的文士们大都知道,其实,夏雨比春雨更富诗意。

夏如奔腾的烈马,在九川绵延的沟壑天堑间任意驰骋,将炎炎的嘶鸣化作缭绕不去的羽翼,盘踞在祖国的大江南北。这羽翼象征着急躁、闷热和酷暑。于是,那些原本让人清幽微冷的雨丝,恍然成了一种雪中送炭的慰藉。

雨有生息。它们从隔地万里的柔云之上而来,上衔天方浩然正气,下接黎明苍生疾苦,无相无形,不可追溯本源。于是,在我国的古典名著《西游记》中,便将此天上之水,谓为"无根之水"。

在雨的世界里,窗是唯一可与之通联的屏障。它虽没有雨这般高贵与神秘,但却有依存着彼此相惜的隐隐血脉。微凉的窗将人与尘俗的世界和大雨巧妙地隔开,让它们可以在苍茫的天地间任意挥洒,无所顾虑。而人,亦可以畅通无阻地在大雨的世界中自由来去。窗是他们各自的庇佑之神。

我时常觉得,这些晶莹透亮的帘幕,是有着真情实感的。它们来于大地，成于大地，虽在后来的时日里，依托日月光华，直登青天，飞黄腾达，但依旧不忘在急需解围之时，奉上自己鲜活的生命。要知道，雨一旦投入了大地，所面临的，势必就是那转瞬间的消亡。但它们从不畏缩，更不曾后悔。不然，它们怎会前仆后继，汹涌咆哮地从九天之外偈偈赶来？

面对这样的真性真情，我们唯可隔窗遥叹，拂袖旁观。

雨也是有着年岁的。否则，怎会每每听雨，皆有异然之情？当人生的风浪已经从波澜壮阔、惊涛拍岸的滚滚气势转为一眼千里、风过不兴的淡定从容时，我们对雨的情感，也会从先前的触景伤情，到后来的泰然处之。

爱雨之人，总是少年居多。少年的心里，总有那么多可歌可泣的故事。我的少年，已经远去数千日，可对于那份听雨的柔情，却至今仍不曾幻变。只要窗上奏起清音，我便会义无反顾地拉开厚重的布帘，让那些时而滂沱悲泣、时而低声小语的真性之物，从朦胧的天地间，缓缓流进我的脑海里。

"少年听雨歌楼上，红烛昏罗帐。壮年听雨客舟中，江阔云低，断雁叫西风。而今听雨僧庐下，鬓已星星也。悲欢离合总无情，一任阶前点滴到天明。"

我总想为它们写点什么。靠着窗，捏着笔。但可惜的是，总会凝神迟滞，无法落笔。兴许，真是人在楼中，雨在外，雨在画中，情顿开的缘故罢了。

自然地成长

一

从花店买来一束百合花,浅浅花香,含苞待放,将放未放,非常喜欢。

将百合花插于透明的玻璃瓶里,放置茶桌上,满屋子都是百合花的香气。因为期待着它的完美绽放,每日关注与辛勤换水,可结果不尽如人意,没过四五天它居然枯萎了,让人失望。

超市购物,买回来两株莲花,粉嫩待放,像娇涩的小姑娘,欲遮还羞。回至家,事情多,随便找了一盛水的花瓶,将莲花插置其内,后来一忙居然忘记了它们的存在。

直至有朋友来家做客,惊叹于莲花绽放的安静与美丽,夸我照料得好,这时我才似乎回想起与它们初次相遇的场景,感慨不已。

苦心经营却早早凋谢了,漠不关心却绽放饱满。

二

养过两只小兔子，一只白色，一只灰色。

刚买来时，爱不释手，喂食、抚摸、给它们搭建一个"新家"，小心翼翼照顾。每日喝多少水、吃多少量的饲料、不能生吃哪些食物等，都按照店家嘱咐，特别宝贝。

后因疲于出差，实在没时间照顾它们，只能将"小白"送给好朋友，"小灰"留给农村老家的母亲喂养。过了两三个月，我回老家吃饭，一个人蹲坐在石凳上注视不远处电线杆上的麻雀时，一只灰色的兔子跑至我面前。

注视，是我之前买的"小灰"，长大很多，壮实很多，耳朵耷拉下来，敏锐，跑的速度非常快，后腿显得有力。只是，它全身的被毛似乎乱哄哄的，有些脏。我上前抱起它，摸摸它，它也没反抗，应该还认得我。

我赶紧去询问母亲，兔子怎么会养得这么好，就是有些脏，好像很久没洗过澡。

母亲大大咧咧嘟囔着——哪有时间去照顾它，把它放在老房子里，和鸡鸭鹅关在一起，鸡鸭鹅吃什么，它就吃什么。你父亲有时会去田间拔些青草喂给它们吃，顺其自然，能活就活。有时我们家的鸡鸭鹅还会欺负它，不让它吃食，后来它长壮实了，也会去欺负鸡鸭鹅，很有意思。

我听得呆然了，兔子还能这样养，再走去老屋看看它生活的环境，不堪入目，脏乱得很，可"小灰"却如此壮实，像一条活泼乱跳的小狗。

我打电话给朋友，询问"小白"的情况，朋友接到电话一通埋怨，说每天按照你的吩咐，给它洗澡、喂饲料，喝多少水，不吃生东西等，可这兔子挑剔得很，进食很少，时间久了，虚弱，养了一个月不到就走掉了。

我愣在原地。

精心照顾却不尽如人意，任其自然却令人惊叹。

三

过分关注和期待，就会给对方造成无形的压力。每日患得患失，就会产生焦虑。一旦有了焦虑，很多美好的事情会在到来的路途中夭折。

自然地成长，是供养自己的欢喜与清净，至于结果则平常心，反而会有惊人的收获。

时间之外，时间以内

一

一次在咖啡厅看书，一个人静坐一隅，享受着清寂的思考。

邻桌来了一对中年夫妇，起初两个人各自喝着自己的咖啡，不一会儿女子便开始说话，从轻声唠叨转为时不时的大声阔谈，完全不顾周边的顾客是否受到打扰。

她的说话声严重影响了看书的喜悦，我心生厌恶，很想上去呵斥，但想想别人都没提出意见，又是公众空间，所以试着忍受，心里期盼他们早些离去。

奇怪的是，她旁边的男子一直微笑着听她说话，不打扰也没觉得任何不适，对她的言语话题很有兴趣的样子。最终，是我提前离开，一个美好的午后就这样被破坏了。

类似这样的事例还有很多，比如坐高铁时，恰好碰上前面有小孩的旅客，孩子特别调皮，一直吵闹，自己睡也不是，不听不看也不是，只盼着早点到站离开此处。

有时是碰到四五个一起出差的人，他们拼成一桌，打牌。用自己家乡的方言，肆无忌惮地说话，大笑，或责怪对方，亦完全忽视了坐在他们旁边的反感不已的自己。

所以，我时常在想，为什么他们会如此吵闹，于我而言，这样的吵闹毫无美学意义。

一次与一位学者朋友喝茶，他听到我的埋怨，微笑着说："其实，如果你也参与其中，你就不觉得他们或周围是一种吵闹，而是另一种方式存在的快乐。"

一句话，让我陷入深思。

是啊，倘若我也参与其中，我可能也会像那位中年男子一样耐心倾听，因为女子是他的爱人，爱人的任何言语都是美好的；我可能也会像那个孩子一般前后走动，看看这里，摸摸那里，因为孩童的世界都是陌生且好奇的；我可能也会和他们一般聚精会神地看着自己手中的牌，而完全忘记这是在高铁上，赢了欢呼，输了沮丧责怪对方。

芸芸众生，美或不美，当我们融入或参与时，都有着时间的意义，是为美。

二

陪学生们采风，在河旁看到一块圆形的石头很漂亮，洗干净捡回家。原本是想将它摆放在橱柜里，作为一种自然的展示，却不想那天因为忙，随意将它丢在了盛满水的水槽里。

一个多月后，忽然想起石头来，心生自责，我居然将它丢弃在水槽里，水也未曾换过，受风吹、日晒、雨淋，这石头该有多孤独和伤心，宁愿我从未带它离开过河旁，那样至少还有它的同伴，蝴蝶与晚间的朦胧月光。

我赶紧去找寻它，在那个安寂的角落里，惊叹不已——

它居然自持成了一道风景，苔藓爬满了它的全身，像绿色的草坪，又似绸缎。苔藓之中，长着一两株水草，有些浑浊的水给这些水草镀上了一层朦胧感，不知哪里来的蜗牛，正在水槽边沿爬行着，自然美好。

原本以为是我冷落了这块小石头，没想到在属于它的世界里，它是亮丽的主角。如果没有亲眼所见，我肯定不会相信它可以逆境重生。

原来，时间自然有属于它自己的痕迹与安排。

如果你没有融入或参与他人的世界，那么你就真的没有权限去妄自评断精彩或美丽与否。

冷暖、好坏、喜悲，万物自知。

三

山间的明月是美，清风是美，流水是美，菜市场里的嘈杂与争吵计较亦是美。

城市的鳞次栉比是美，灯火通明是美，夜色之下，角落里拾捡垃圾的老人的身影亦是美。

姹紫嫣红，鸟儿歌唱是美，黑暗之中，积聚破土而出的力量亦是美。

我们要以时间之外的心，活在时间以内。这样，才能品味出平凡与琐碎深处的人生况味！

青　苔

那是一处偏僻的废墟，像是一位孤独无人怜悯的老人，冷冷凄凄。

听村上人说，很多年以前是一座空置的祠堂。后来，年三十大家放鞭炮，火花溅入，干燥的柴火等迅速燃烧，只剩得断壁残垣。许多年过去了，也无人问津此事。

在城市住得久了，就觉得压抑，因为生活节奏特别快，似乎没有片刻的休息时间。很多买来的书籍，也无暇阅读，内心渴望一份宁静。恰好，这些天因为倒刚烧开的水，不小心洒到了手上，烫伤严重。对于我这样一位和文字、和电脑打交道的工作者，烫伤了手，只得放下手边的工作，回到农村老家"修养身心"。

原本以为，放下工作，在质朴踏实的老家会过得特别舒坦，可没过上两天，内心便开始忧虑起来——公司好多事情需要我做，还拖着出版社的书稿，还有几个年终的策划方案都没写出来，如此等等……

越想越坐立不安，可电话咨询医生，医生千般交代，还需要静养几天，忌辛辣，勿沾水等。想着一大堆需要做的事情，内心很是浮躁，一天的时光，熬得像是漫长的一年。

母亲提个篮子回来，叫我坐下，从篮子里面取出一些青绿色的糊状东西，掺和了家里的菜籽油，往我手上烫伤处涂抹，并微笑着说，知道你沉不住、静不下，这个东西管用，以前小时候家人手烫伤了，不去医院，就涂抹这个。

从母亲的述说中知道，这是"青苔"，从村口那处废墟里面的瓦块上取来。

涂抹上一段时间后，手似乎舒服许多，没有那种强烈的烫伤感。于是，出于好奇，决定去那废墟之处，好好看看这神奇的青苔到底是长什么样子的。

见到了它们，青青绿绿，郁郁葱葱的，灵动，美丽。可是，这是一处怎样的生长环境啊——被烧毁了的房子，破旧得都没人愿意抬起头去瞄一眼，而它们就生长在房子的几个偏于一隅的角落里，脏乱，难闻，到处是似乎已经腐烂了的垃圾，受风吹、日晒、雨淋，无人照料。可正是因为有了它们，这样的废墟和残缺之处，才有了生命与生机。这些青苔，爬上了黑白墙瓦，在角落和地面的砖块上、缝隙里，优优雅雅，大大方方地铺长开了，一簇一簇的绿，相拥着，嬉笑着，像是沧桑时光里，一幅幅手绘的图案，又像是气质内敛的女子，在黯淡的空间里，刺绣出的一朵朵绿意盎然的花。

注视着它们，仿若置身于一种朝气生命的希冀里，谁又能知道，如此寂寥、隐忍与黑暗的空间里，还有如青苔一般豁达美丽的风景线呢？

而我的心结，在那么一个瞬间也豁然解开，和青苔相比，暂时的静处与失意又能算得了什么？我想，这样的邂逅和浅浅感动不正是大自然赠送给我的最好的生命礼物吗？

生活或许真的避免不了失意、磨难与苦痛，可谁也不能拒绝如青苔一般在黑暗深处绽放出来的奇迹光芒。从它们身上，我突然读懂一句话——

倘有温暖阳光根植于内心深处，那么，生命里一切的一切，包括漫漫雨季，你要相信，都是最好的、最好的安排！

洒满清辉的月光

河

去僻幽的小山摘完果子,那条安静的河就成了归家的必经之路。

小河两岸站满了粗壮的绿竹。风声猎猎。

水凉刺骨。踩着圆润的石子缓缓前行,衣兜里满是香甜的鲜果。

孩童嬉戏的笑声穿过细密的竹叶,绕着罅隙里的光束,缓缓投进河底。

一条肥硕的鲫鱼从我腿间游过,激起一股温柔的水流。

绿油油的水草像踏暮归来的采茶姑娘,在我幼年读过的诗句中妩媚招摇。

雨

调皮的雨像情人年轻时候的吻,星星点点。

山中唱起了雨打叶片的歌声。乌云在广袤的天空游聚。

骤雨倾盆。烈阳普照过的山峦腾起层层雾瘴。

路在雾中，只可静坐。

安待片刻，骄阳破云而出，一泻千里。

我爱这高原的雨，她完全印证了高原人的胸怀。

云

滇西的湖泊和海水一样湛蓝。云朵镶在湖面，时而似奔马，时而似追燕。

夏日的风和云，总会在空中缠绵呢喃。

一望无垠的草场是最好的观景台。困倦了，便寻一朵最美的云，策马而去，在汗流浃背中感受流云的瞬息万变。

厚重的雨云也从不懒怠，卷着淅淅沥沥的思念，从这座山游向那座山。也许，她在追远行的风；也许，她本身就只是一个浪子。

路

孤清的巷子和淡绿的青石都是回家的路。

路旁开满黄白交织的野花。光明和黑暗，同是他们的故友。

梧桐树下的雨棚里，坐满了游戏人间的麻将客。母亲喜欢在午后踩着寂寥的石板路独自前去，她习惯这种消磨时间的方式。

我在身旁默默陪她，一同在输赢间等待岁月和苍老的洗礼。

母亲常说，小赌怡情，大赌伤身。

凌晨，我们常在明月朗朗的大树下吃包浆豆腐和过桥米线。偶尔，喝上半斤甘醇的苞谷酒。

夜里，往事和母亲的身影，总会在洒满清辉的路上被月光拉得很长很长。

她老了

立春。清晨。明媚。

院子里，母亲在阳光下沐浴，戴着老花镜，忙着手中的针线活，细致而又认真。而我，则坐在母亲的对面，手捧一卷新书，低声阅读。现世安稳，岁月静好。

倏然，母亲大叫，说厨房里还在煲汤，已经很久了，估计汤已经溢出，于是赶忙放下手中活计，起身赶去内屋。我抬头看看母亲的背影，不语，继续低头阅读。

母亲回来，说，幸好汤还没溢出来，不碍事，不碍事，已经把火关掉了。边说话，边笑着，像是一个侥幸躲过父母指责的得意小孩。我朝她微微笑，示意她继续坐下晒太阳。

母亲又开始忙手中的针线活，似乎是一个打盹的时间，母亲突然又大叫起来，说厨房里还在煲汤，已经很久了，怕是要溢出了。这时，我起身拉了拉母亲的胳膊，示意她刚才已经将火关掉了。可是，母亲不信，用怀疑的眼神看了看我，然后去了内屋。

母亲回来了，一改刚才的惊讶和担忧的表情，又是孩子般的笑，说火确实是被关掉了，记错了，记错了。这一次，我在母亲身上打量了许久，忽然发现，母亲不能再像以前那样精明果敢，按时按点催促我起床上学或做作业了。

她老了，面容憔悴，两鬓横生了白发。

这样的老，我措手不及。

清晨，我在厨房间洗菜，母亲在客厅擦拭餐桌。

"妈妈。"我轻声喊了下母亲。

未见回响。

"妈妈，过来帮我一下。"我提高分贝再次喊了下母亲。

仍是未见回响。

于是，我探出脑袋，望向客厅里的母亲："妈妈，过来下。"

母亲似乎还是没听到。

我显然有些生气，放下塑料盆中的蔬菜，走过去问道："妈妈，我叫您没听到吗？"

母亲愕然："啊？你叫我了吗？我没听到啊！"

"是啊，都许多遍了。"

"真没听到。"

见母亲一脸无辜又歉意的样子，我便也不再生气。可等心平气和安静下来后，望着母亲忙碌的背影和干瘪的身躯，我的眼眶突然就红了，那么不经然，想掩饰却又不由自主。

是的，母亲她老了，老得让我如此无能为力。

曾经都是母亲唱着儿歌哄我睡觉，如今，却得要我和母亲谈我在外面工作的事，听得心满意足了，她便也睡着了。曾经都是母亲拉着我的手过马路，嘱咐我过马路前，要左看看右看看，确认没车后再过去，大手牵小手，温暖无限。可如今，再和母亲一起过马路时，我突然发现，母亲的身高只及我的肩膀处。曾经长发飘逸，从来不想闲在家里的她，如今却白发斑驳，除了家，哪也不想去……

是的，她老了，在那么一个当我们还沉溺在母爱之中的眨眼瞬间，她就老了，没有任何的预告，没有任何的心理准备，没有……

有人说，人的一生只有两个朋友，一个温柔了岁月，一个惊艳了时光。我想，在我们的生命中，有这样一个非常珍贵的朋友，既温柔了岁月，又惊艳了时光——她就是生我们育我们给予我们生命养料与知识的母亲。

可是，她现在老了，这是不争的事实，我们任何人都束手无策。

这就是时光的残忍处。

现在都不敢提及母亲二字，一提，忧伤便会迅速布满心房，仿佛眼泪，容不得轻微地触碰，说流便流了。

那么，她老了，我们该怎么办？

去向美好的旧时光，为自己那正享受着的不以为然的爱道歉，好好珍惜那剩下的光阴吧。从今天起，好好爱她，是我们生命中全部的使命！

第二辑

活着，就是幸福

去放下，去体验，去珍惜吧。不与人比，箪食，瓢饮，陋巷，亦是幸福。生命无常时时刻刻，珍惜每一寸时光、每一个当下、每一个不可复制的瞬间。

倘若人生逆境拒绝不了，可只要还活着，我们就应该想起照在半山坡上的阳光，于微茫之中觉察出幸福和力量，对生活微微笑，笃定前行。

活着，就是幸福

朋友电话我，问我是否愿意与其一起去拜访一位山间隐士。

恰好这段时间心情有些许浮躁，对未来的不确定性略感焦虑，欣然同意。

车子在蜿蜒的山路上行驶，有些路口狭窄，转弯或会车时需要特别小心。我坐在车上，心里一直想着会是一位什么样的人，喜欢住在这样的半山腰上，切断与外界的联系，生活极不方便。

车子在一个小路口停下，步行二十几分钟的山间小道，终于抵达他的住处——一处岩洞内摆放着简陋的床、一张小茶桌，岩壁上还时不时会有水珠渗出，手机信号全无。岩洞外面的空旷地上，有煤炉、木制餐桌、放置碗筷的柜子等，几张椅子用来休憩。

他笑着在门口迎接我们，中等身材，言语谦逊，特别客气。原本我以为他会是一个特别高傲的人，没想到却慈祥和蔼，如沐春风。

因为临近中午，他开始烧中饭，只见他将煤炉生火，端了一口盛了三分之一水的锅，将水煮开。煮水过程中，他让我们喝茶闲聊，自己去清洗蔬菜——白萝卜、小青菜、豆芽、胡萝卜、莴笋和娃娃菜。待水煮开了，他邀请我们吃饭，一双公筷，各自拣喜欢的蔬菜放进锅里煮，煮熟后，夹至碗内吃，不放任何的盐、酱油或辣椒等，原汁原味。

一开始，我是极不习惯的，几乎每周都有应酬，大鱼大肉，一下子变得如此极简，心里有些犯嘀咕。可他却满脸笑容，吃得很欢喜。他说，他一直都是如此清淡饮食，近二十多年没有打过针吃过药了。油然而生敬佩，慢慢地，我也静下心来品尝。

其实菜叶本身的味道非常清香，吃了没有任何负担。平时烧饭喜欢生抽、蚝油、鸡精、葱姜蒜料，蔬菜本身的味道被覆盖。今天的中饭吃得很开心，有一种人生重新开始的感觉，似乎很多烦琐的事情不再去思考，放下，就像清煮食物，回归事件本身，不生涟漪之心。

吃过饭，他坐在木椅上休息，阳光透过山间的丛林照在这半山坡上，而山脚是一望无边的农田，有一两位农夫正在田间劳作，微风徐徐，一切宁静祥和。阳光在他身上闪闪烁烁，一切，得未曾有。

我走向前，问他一个问题："什么是幸福？"

他笑了笑答道："活着，就是幸福。"

我是美学作家，非常认同他的话，于是赶紧补上："对的，好好活着，朴素而优雅地活着，就是幸福。"我觉得自己补充得非常好，就好比对语言的美化，"朴素"与"优雅"都是好词。

他又笑了笑，轻轻地拍了拍我的手，说道："只是，活着。"

阳光一下子猛烈起来，我陷入了思考，过去所有的一切，似乎被重新打破、解构、反省及追问。漂浮人世，能有多少人真正可以做到好好活着？

少年烦恼忙学业，背书、抄记、补习等；青年创业、成家，各种忙碌与竞争；中年上有老下有小，随机与突发的麻烦时时不断；待老年总算有点闲时，却要隔三差五去医院检查身体，体力精力都跟不上。这一世风里雨里，能有多少人可以做到好好活着，更何况还要朴素和优雅，难上加难。

一语中的。原来，我们都是迷雾中前行的人，忘了幸福最初也是最为真实的定义，给自己的人生加了这么多沉重的枷锁。

我们其实都是幸福之人，只是我们的各种杂念、索取与贪求，让幸福变得苛刻，求而不得，以至于开始担心、迷惘、焦虑与痛苦。

很多人给幸福下过定义，周国平先生说："老天给了我们每个人一条命一颗心，把这条命照看好，把这颗心安顿好，人生就是圆满的，幸福的。"

比起朴素和优雅，照看和安顿，隐士的幸福观点更为纯粹和简单，活着，就是幸福。

所以，去放下，去体验，去珍惜吧。不与人比，箪食，瓢饮，陋巷，亦是幸福。

生命无常时时刻刻，珍惜每一寸时光、每一个当下、每一个不可复制的瞬间。

倘若人生逆境拒绝不了，可只要还活着，我们就应该想起照在半山坡上的阳光，于微茫之中觉察出幸福和力量，对生活微微笑，笃定前行。

春日的思索

一、鱼与幸福

又是一年春来临，花红柳绿，却少了昔日的欢喜。

有时候会惆怅，抑或烦躁，日复一日，总是觉得忙不完，又不知道为啥在忙，忙出个何等成就，想要安定，以及自由。

许是朋友看出我内心的繁杂，约我周末去湖库边上煮茶小叙，还可钓鱼。

允诺。

湖光山色，阳光暖和，春风微醺。

烦恼放至一边。

喝好茶，开始钓鱼，可是半天时间，浮漂一动不动，失落感又慢慢回来。

看守湖库的是一位老人，他见我们如此执着，走过来劝道：

"哪里还会有鱼来吃食，它们都躲在那边草丛里'避难'呢。"

我们走向老人手指的方向，是一大片浅滩水草，密密麻麻全是鱼，数也数不清。

后来才知道，开春了，水鸟成群觅食，这些鱼儿害怕被袭击，都找水草或枯枝做掩体躲藏。很多鱼因为被水鸟咬过，身上有伤口，没过多久就死了。而又因为它们成群结队躲在一片微小的水域，缺氧，也死了很多，幸存着的，都有着生命的威胁，时时刻刻。

我在岸边驻足，思索。

以前每每情绪不安定时就会羡慕鱼儿的自由自在，若不是今日所见，谁又能知它们更加不容易。你羡慕它们，或许它们更加羡慕你，你现在所拥有的，就是最好的幸福。

人生哪有与生俱来或一劳永逸的自在，有的只是居安思危和不断努力成长，让自己拥有抗击风雨与磨砺的力量。

要问幸福是什么，幸福就是，历经劫难后的重生与万般风轻云淡。

二、麻雀清欢

院子里，几只麻雀在枝头嬉闹，叽叽喳喳，显得嘈杂。

昨晚没睡好，今早想睡个懒觉，可睡睡醒醒，总是被窗外的麻雀惊醒。

起身，穿上衣服，到院子里，从地上捡起一棵树枝，挥舞，赶跑它们。

本以为这样生气的行为，会惊吓到它们，却不想，它们把这当成了游戏，我前脚刚走回家，它们又三五成群在枝头聚集，叽叽喳喳，仿佛在说："你来赶我们呀。"

遂觉得有意思，睡意没了，不妨在院子一角，煮了一小壶茶。

且喝茶，且看它们嬉闹，我接纳并随喜了它们。

一只麻雀在枝头上调皮，忽而飞这，忽而飞那，仿佛时刻在观察和注视着周围，脑袋像敏感的探测器，似乎与周围链接着什么。时间久了，觉得我没什么敌意，飞至地面草丛里，用尖而短的嘴巴觅食，或大大方方飞至地面，在我面前走几步，只要我有稍许的动作，它就会飞回至树枝，眼睛时不时朝我瞅瞅。

下了些小雨，雨渐渐变大，雨珠开始慢慢串成线。

我躲回家中避雨，心想，这下你们总不能调皮了吧，我也赶紧再去补个回笼觉。

朦朦胧胧，也不知道过了多久，我又被院子里的麻雀的叽喳声吵醒了。

原来，雨停了。

它们又开始在雨后的院子里欢喜和雀跃了。

麻雀们把我对它们的驱赶以及风雨的袭击，当成了生活的调料。

酸甜苦辣辛，点点滴滴，都是生命的调料。

而有了这些调料，生活就看见了清淡和欢喜。幸福自知。

我在麻雀们身上，看见了这份干净和恬淡，或者说是智慧的幸福。

三、春日思索

世事在变，四季万象更替，可有一些东西仿佛始终没变，看不见，摸不着。

譬如那些在寒夜与黑暗里的期待与温暖，那些在磕磕绊绊行走之中的坚守，还有那些在静谧之下，在月光里、溪水间、花丛中的小确幸。

平淡且热烈。

变与不变，护好自己的能量，不内耗自己，过好今天这一天！

心灯不灭

傍晚，大理古城，在一家餐馆吃饭。

正值阴雨天，天气有些潮湿，古城苍蝇比较多，所以，饭桌上通常会摆放两到三支小小的蜡烛，点燃，用来驱赶它们。

有三个淘气的小孩子，手里各捧一支蜡烛在院子里玩耍追赶。灯光摇摇晃晃，迎风摆动，院子里花草葳蕤，逢淅沥细雨，恰似人间小喜。

一个小男孩不小心绊了一跤，大哭，任凭闻声赶来的大人如何劝哄，依然边哭边喊——"蜡烛灭了，灯光灭了。"

我拿起桌上的打火机，走到男孩旁边，帮他重新点亮蜡烛，男孩破涕而笑。

回至自己的餐桌上，我的脑海里倏然浮现出四个字——心灯不灭。

心灯不灭，多好的四个字，仿佛一束炽烈而又温暖的光，让人心生力量。

这几年，经历了比较多的事情，曲折和坎坷，虽说磨炼心性，但有时候一个人坐在石凳上想起过往，心中总是会有瘀堵和不甘，似乎觉得现在的自己离当初的纯粹与自然越来越远，也开始变得世俗气，缺少了那份很单纯的拼劲与努力。真诚依然在，但不敢轻易对他人交付真诚。心不安静，少有清欢。

2023年3月，我在北京王府井书店举行《山野、清风与明月》（彩色精装版）的新书签售会，200多位大小朋友一一坐满。讲座开始前，有四位小学生在配乐下朗读我新书里的片段，当音乐缓缓响起，孩子们纯真稚气的朗读声，让我想起了当时创作那段文字时的安静心境——或在花树底下，溪水潺潺边，疏密相间的林间，抑或是湖泊旁、茶室里，想起了当初的那份恬淡、孤独与欢喜，以及此刻的心事种种，眼泪不觉油然落了下来。

也只是一瞬，因为马上要上台演讲，时间不允许我细想与总结这些年的心境变化。

思绪回至眼前，再想起"心灯不灭"四个字，觉得是恩赐，也是幡然醒悟。

世事繁杂，没有永远的清净圣地，也没有永远的理想的生活状态，它们总是在曲线中发展，我们能做的是，起时不骄，落时不馁——在起起落落之间，在喧嚣与安寂之间，在繁华与落寞之间，在富贵与贫穷之间，在顺境与逆境之间，找准自己人生的位置，找到生活的平衡状态，学会平常心。不拒绝，不对抗，全接纳，全祝福，心灯不灭。

心灯不灭。迂是为了回，退是为了进，磨难是为了修炼自己的格局与力量，蛰伏是为了重生，走得再远，也不忘记当初为何出发。

一个人走出餐馆，看到马路边的一只蜗牛在慢慢爬行，它应该是想爬到对面的草木藤架上，可积攒了半天的爬行距离，一个路人骑车经过，溅起的水浪将它打回原形，又需要原地出发。可是心灯不灭，所有的变化、坎坷与阻碍都是人生的另一种福报。

  一个人走至一高处，远望，延绵起伏的苍山，云雾缭绕，仙气飘然的感觉。每一天每一个不同的时刻，远观苍山的感觉与变化都是不一样的，有时候澄澈，有时候烟雨蒙蒙，有时候蓝白相间，村落紧致。可是，不论看客如何、天气如何、四季变化如何，山依然是山，心灯不灭。

  我心中的瘀堵也慢慢释然。

  达摩祖师说，"随缘不变，不变随缘"，我们都是滚滚世事江河上的一叶扁舟，我们决定不了命运的安排，无常时时刻刻。可是，砥砺万千，我们仍然是那个追梦少年人。

  心境如一，心灯不灭！

心灵的成全

一

  他们是一对夫妻，她很爱他，以至于当对方匪夷所思地提出——"我们应该像柏拉图式地交流，不让这份感情掺入任何杂质，不能受到任何的亵渎和束缚，因为我们的事业都有待发展，应该共同把精力投入到工作中去"时，她都欣然应允了。

  只是，他口口声声这样说，却一直绯闻不断，她不愿相信。

  直到有一天，他亲口当着她的面说，他爱上了别的女人，说自己并没有想象中的那么爱她。他决绝地离去，任凭她的挽留、哭泣与表白，他坚决不回头。

  甚至在离开她后，他说，与XXX在一起的时光，是他最快乐的几年。这个女人XXX不是她。

  她该有多痛心、难过，甚至是崩溃——她十年单方面的爱情，最终换来的是一场烟消云散。

所有人都为她愤愤不平。

后来，在她的个人演唱会上，她听到了他的死讯。当台下听众们都以为她会解气地去指责或庆幸时，她却哽咽了，在正在演唱的歌曲之中泣不成声。她说——

"如果知道你走得那么快，我愿意早些放手，这样你便能多享受真正属于你的幸福时光，我不该羁绊你那么久、那么久……"

当一个人爱另一个人到灵魂深处时，或许，比占有更重要的，是成全。

二

自驾去云南大理旅游，在古城客栈歇脚，逛街、拍照、购物，一个人在一隅之处，喝杯茶，看看热闹的街面，有喧嚣却不浮躁。似乎这里的每一个人都很朴素、简单，言谈举止少了那些世俗的聪明和功利，让人很舒坦。

第二日，在洱海边看日落，美得如此不动声色却又打动人心——

海天一色，云朵很低，阳光透过薄云照在海面上，波光粼粼，闪烁出许多耀眼的金色花瓣。海平面一望无垠，时而平静明亮，时而此起彼伏。浪打礁石，潮涨，像悠扬壮阔的打击乐声；潮落，似节奏轻快的民族风曲。远方有船，海风絮语柔和，偶有几只海鸟掠过，一切自然，美好。

在这个当下，手机除了拍照和摄像，与人文字聊天或语音，都是如此浪费和可惜。因为，远处天空的颜色，每一分、每一秒都在微妙变化。错过，便不再重回。

在双廊，住海景边上，晨起的时候，在海边听一首歌，写一首诗，然后大声朗读。张开双臂，拥抱和呐喊，感受海的斑斓摇曳与宽阔。日出，在灿烂阳光下，和最好的朋友，吃一顿极简的早餐。日落，抱着吉他弹唱一首歌，一天的时光虚度而过。

无拘无束地在外旅行了一周，似乎浪费了很多时间，又似乎在行走与记录之中，内心得到了充实与丰盈。或许，在名利沉浮外求不断做加法的同时，也需要放下一些荣誉和光环，以一个简单和纯粹的自己，看看风雨飘摇的世界，看看不同的人文地域风情，看看另一个不曾遇见过的自己。

给心灵一些补给和养料，它能散发出更多的光芒，让生命的脚步走得更为辽阔与坚定，这是一种成全。

三

在一本书中读到这样一个佛教故事——

一个沙弥饱读经文，认知天文地理，想出来讲经说课，但鲜少人听或追随，他苦思不得其解，陷入迷惘。后经一位良师指点，让他去山林之间生活两三年之后再出来讲课。

在这三年的时光生涯里，沙弥每天面对山林间的一花一草、一树一木、一石一山、一风雨一朝露，每天和松鼠、野兔、蚂蚁、飞鸟等小动物们相处。因为朝夕相伴，每每见到这些植物和动物，以及自然景象时，他的内心生了慈悲心，喜悦连连，仿佛一切都是他的朋友。

再山下讲经说课，听的人很多，口碑相传，追随者越来越多。

当我们处在一个人生瓶颈期的时候，工作与事业、财富与地位都很难提升时，不必执着外求，是你心的容器不够大。心的容器里盛放什么？是美德、善良、福报与因缘。

山野中来，山野中去；红尘中打拼翻滚，红尘中隐没消失；时进时退，一张一弛，这些都是莫大的人生机缘与智慧。唯一不变的是，无须提醒的，时时刻刻你对善良与美德的成全，这是生命的根系，也是所有外在一切的根系。

遗憾着的美丽

著名作家林清玄有篇文章中写道：他和几位好朋友去海边玩耍，海边的荒村、废船、枯枝等的沧桑之美与大海的蔚蓝之美相互结合，相互映衬，简直让人爱不释手，沉迷其中。正当他们对着这样美丽的景色进行遐思时，突然有几朵白色的花瓣从他们眼帘中掠过，这时有人惊叫："看，是蝴蝶，一群白色的蝴蝶。"他们一边叫着，一边立刻跳起来，欢蹦着朝海岸奔去。

往他们奔跑的方向看，果然有七八只白影在风中，在沙滩上嬉戏与追逐。他们拿起相机，要将它们定格在美丽的风中，留为纪念。他们向着白影奔跑着、追逐着，终于近了、近了，可正当他们准备按下快门时，手用力往外一抓，摊开一看，却发现，那不是白色的蝴蝶，那是一片白色的纸片。

他们顿时相视大笑，如果一开始就知道是白色的纸片，又怎会如此盲目地期待与追逐呢？

没有距离，普通的白色的纸片成不了美丽的蝴蝶；因为距离，追逐的过程中就充满了美好的想象和满心的欢喜。所以，有句话叫——"与其相见，不如怀念"，因为一旦相见，很可能如同那白色的蝴蝶一般，原先存在于脑海中的美好被现实击打得支离破碎。

所以，距离着，遗憾着，美丽着。

如一曲未唱完的老歌、一首未写完的古诗、一个缘尽情未了的故事、一场没有结局的落幕等，都有着遗憾的美丽。如月，太过丰盈，不真实；似花，永久盛放，不尽然。只有残缺与凋零，才能让月亮与花朵充满了灵动的诗意，才能成为很多文人学者情感表达的形象载体。

如此，很多的时候，我们在生活中，在交友处事、表达情感等方面，都需要学会与人与事保持一定的距离感。比如，陌生人，不可太过亲近；自己人，不可太过依赖；凡事常态心，随缘，不强求；遇到挫折，学着平静，事情总有山有水，有风有雨的，从容而之；大喜而不显，大成而不骄，大悲而不荒芜心灵等，如此的一切，都淡定雍容，与人，与事，与心灵，与风雨都存有一定的距离，这样的距离，是美好的希冀，是信念，是不变的执着。

生活真当如此，每一刻，每一秒，都遗憾而又美丽着，想是世间最美好的幸福了。

慢慢，慢慢

黄昏时分，有昆虫鸣叫的声音。

我像小时候那般，坐在田埂上，看田间劳作的一切。

和煦的微风，质朴的农夫，泥土芬芳的气息，不知名的花花草草，憨厚闲适的老水牛，还有那视线最远处延绵起伏的山，突然觉得这些景致都是慢时光里的静名词，像是一幅缓缓舒展的自然画卷，而我便是画中赏风景的人。

是啊，曾看得尘世繁华纷纷扰扰，现却欢喜如古诗词中一般的采菊，悠然，见南山。

周遭没有怨愤、追逐、争比与吵闹，而是慢慢而慢慢，和谐，养心，润颜，多好。

南宋诗人赵师秀《有约》中说："黄梅时节家家雨，青草池塘处处蛙。有约不来过夜半，闲敲棋子落灯花。"——约好的朋友，一直等待，仍未赴约，原本是指责与不耐烦，他却是闲敲，棋子，落灯花，多么柔软美好的词，一切尘世如泡影，唯有不负内心的诗意与宁好。

脚步慢一些，可以遇见藏匿于路边的风景，零零碎碎，一路山水，一路歌，一点一点的欢喜，如花香轻轻浅浅，淡然、执着，拭去疲惫与劳怨，沁人心脾。

计较慢一些，想要生气与泄愤的时候，心中默念"慢慢，慢慢"，那么，原本，混沌与困惑的心会瞬间变得澄澈。心的肚量大了，烦恼的事就过滤了，不合缘的人就远离了。久了，身边尽是温暖与诚意，欢雀，甚好。

得失慢一些，你心中所念的、所追逐的，真不急于一时的拥有，只要你的心是对的、好的、善的、喜的、慈悲的，那么，那些美好，或迟或早都会一一出现，与你拥抱。得，我幸；失，亦是我幸，所有一切的遇见和失去，都是为了修炼一个未来更加气质与美好的自己。

所以，我亲爱的朋友，如果有一天，你因为风雨的生活、庸扰的俗世或执念的远方而心生迷惘、困惑与不堪，那么，你应该带自己去一安寂处，静视心灵，对语自然，谛听花开与花落，然后送给自己四个字——慢慢，慢慢……

生命的力量

初冬，黄昏的午后，碎了一地的枯黄。

独自一人，徜徉于青苔色的小径上，思索这个尘世间，生命于卑微处的光芒与力量。

如，盈盈自然间，一株草，不自叹，不自怜，以优雅的努力，探出黑暗的土壤，开始拥抱这个世界的美丽，感受这个世界的宁静、祥和与幸福。所以，于小草而言，生命是一种默默地积攒的力量。

听，惠风细雨里，一棵树，没有悲欢的姿势，站成永恒，独自聆听心灵的沉默与骄傲。在周遭安寂的环境里，静静地为成长和付出呐喊。所以，于大树而言，生命是一种静寂的美丽和力量。

看，流水浅光里，一朵莲，独我而又忘我，将红欲红，优雅从容地绽放。仿佛世界于它而言，是自己的，自己心安，自己繁华，自己落寞，都是一种极致的美丽。所以，于莲花而言，生命是一种淡然与豁达的力量。

还有，空谷山峦里，层林尽染，一位老者，双眼紧闭，静心打坐，一呼一吸之间，都是生命的顿悟，仿佛，整个天地，整个繁华与空旷都是他的。宽的心，终能安下远的梦。所以，于老人而言，生命是一种隐忍与修行的力量。

再看，一江冬水里，波音粼粼，扁舟、竹筏、木椅，渔夫一声吆喝，拾起衣襟，荡舟采河中之花，听风赏江边之景，盛却无数。仿佛，深邃的江河便是他橙黄色的梦，在梦里，他富足、惬意，对所有遇见的景色，都一见倾心。所以，于渔夫而言，生命是一种当下欢喜的力量。

顺着眼帘，回望那江边亭榭上，停着一只不知名的鸟，细尖的嘴巴，啄着身上褐色的羽毛，时而跷跷脚，时而扑扑翅膀，可爱惹人。仿佛，它就是冬日美丽的精灵，风景这边独好。所以，于小鸟而言，生命是一种不可重遇的力量与惊喜。

原来，在这个行如流水的纷扰尘世间，雀跃着那么多灵动的遇见、盎然、执着与欢喜。那么，我亲爱的朋友们，锦瑟岁月里，生命于你而言，又会拥有怎样的美丽与传奇呢?

我想，当我们俯下身，沉住气，谦卑行进时，温柔的岁月给我们的，是沧桑与风雨洗涤后的，纤尘不染与一如既往的，鲜活纯真的生命力量!

草木荒，不枯心

一

路过一家花店，见店主正在给插花换水，驻足观望。

花瓶蓝白相间，非常精致，店主熟练地将插花取出，倒掉瓶子里的水，然后置放一边，用剪刀剪去一截浸泡水中的花梗，重新装满瓶子里的水，插上，一道美丽的风景线便形成了。

我疑惑，问为何剪去花梗。

店主友善答："换水时把花梗减去一截，是因为泡在水里的花梗容易腐烂，腐烂后水分不容易吸收，花就容易凋谢。"

明了，微笑示意谢意，买下一束花，离去。

走在街上，看到一位轮椅上的天使，双手弹着电吉他，卖唱，但眼里尽是柔情和诗意，沉浸在自己的音乐世界里。

心，倏然愣了一下，仿若明白——

去除腐烂的花梗，过滤过往的哀愁，从痛苦的影子里，走出来，你才能重遇生命的阳光!

二

聚会,他是我的大学同学,在黯淡的黄色灯光下,他说——

大学毕业后,他和许多人一样,去茫茫职场海洋里求职,结果,未能如愿。后又折腾去考公务员、考研,都是失败而归。

失意,迷惘。在没有更好的工作之前,只能先在自己的村里,当一个小小的文员。

安逸的生活,加上外界的残酷竞争,很快让他决定放弃后面的拼搏与奋斗,决定安逸一生,做一个逃避者。

一次,村里组织去一所盲人学校采风活动,顺便做些义务帮扶结对,看着村委和学校双方负责人一起"谈笑风生",他觉得热闹和繁华都是别人的,他只是一个失败者,于是暗自隐忍难过,走到一间教室里,避开人群。

慢走着,无意中,他居然在课桌的正上方看到用刀刻着的几个醒目的字——不用眼睛看世界。后来一查看,居然每张桌子上都刻着这样的字语。

短短的字语,瞬间濡湿了他的心。后经了解,是盲人学校的校长要木匠刻的字,让每一个盲人孩子在学习中用手去摸它们,让他们自己知道,没有眼睛的光明,生命,依然可以因内心的丰盈和坚韧而无限美丽。

心被触动,于是重新燃起斗志,才有了如今有所成就的他。

他说,人生的坎坷经历太过宝贵;

他说——

世界黑暗没关系，不枯心。

三

走过一些路，见过一些人，历经过一些沉浮，在疼痛隐忍的时候，我就想回乡下老家。

那里有广阔的田野，延绵起伏的山峦，劳作质朴的农民，还有，屋檐袅袅升起的炊烟。

心很静，坐在大树底下的石凳上读书，见到路人招呼一声，仿若时光慢，慢得让人流连和忘返。待月色和露水清凉，挽挽衣袖，卷起书本，收收心，归家。

一些俗世的念想，以及那些迷惘便也连同暮色一般被沉寂下去，不及细想，心情好很多，很多。

父亲在后院劈柴，坐在他身边，和他有一句没一句聊起来。

问及他这些年，是否有难过、觉得挨不过去的时候。

父亲用家乡话，断断续续表达着，大概意思是：人这一辈子，谁不是磕磕碰碰的，只是，人的心是个容器，装得多了，就越发坚强了。像这堆木柴，虽然枯萎了，但依然有燃烧奉献的心。

生平第一次用了别样的眼光看父亲，青筋蹦出的粗壮手臂，花白的头发，瘦小的身躯，黝黑的脸庞上布满的尽是岁月的荏苒与沧桑。

如果说，诗人将人生的哲理朦胧化，优雅表达出来；那么，农民，讲不出什么大道理，但从其身上所折射的明亮与光芒，却深深地镌刻在每一个厚重的脚印之中。

是啊,乡村比起繁华旖旎的城市,什么都缺,可唯一不缺的,就是,让人心生希望的勇气与力量。

我想,我是明白了父亲的意思,也体会到了人生的真谛——

草木会荒,心不可枯!

读懂幸福的密码

清晨

清晨,阳光从窗帘的细缝里挤入卧室,像调皮的小孩,随着微风吹拂,挤挤眼,努努眉,些许摇晃。我起身,拉开窗帘,大片大片的阳光一泄而入,温暖至极。

给自己泡杯咖啡,从书房精心挑选一本喜欢的书,在阳台上阅读,一页一页,一分一秒。读得累了,看看远处,莞尔发呆,仿佛时间在那一刻静止着,所有的美好都停留在那一瞬间。

是的,我喜欢每天都如此清新的清晨,喜欢内心澄明的一切。

午后

去小镇集市里买三两个蔬菜,给自己做一顿精致的午餐。待阳光没有那么强烈,独自一人坐在藤椅上,听风里传递而来的昆虫的鸣叫声,稀稀疏疏，时而强烈，时而遥远。花草树叶，温和静语。

倏然，一只不知名的小鸟打破了宁静，蓝褐色的羽毛，看似有力的身躯，飞到某根枝丫上，又扑动翅膀，飞至另一棵树上，像觅食，又像一个人在捉迷藏，雀跃点点，盎然有趣。

是的，喜欢这样慵懒却又充满着趣味的午后，喜欢与一切未曾预告的美好相遇。

黄昏时分

一个人在田间小路上行走，走得累了，蹲坐在一棵不知名花树下的石块上，身边是一条涓涓流淌的小河，澄澈晶亮。一片树叶跌落下来，在河面上，似一艘欢快的小船，随着水的流向慢慢远去，一生才与其如此短暂地一会。

夕阳余晖下，是泛着金黄的阡陌田野，几位农夫在田间劳作，远处是连绵起伏的山，偶有几只鸟飞过，一声啼鸣，打破了周遭的寂静，组合一起，像是一幅旧时光里的照片，斑驳与沧桑。

注视着这些，我突然想，我们人在面对风雨的时候，尚有一间房屋可以躲避，可是，这大自然中的花草与树等，面对温暖阳光与风雨雷打都是一样的不卑不亢，努力成长自己的同时，欢喜一切的遇见，好或坏，顺其自然，自然而然。

这是多么美好的内心力量的收获，喜欢与大自然一起静处，一叶知人生四季纷繁更替。

日消情长

每个人都有两个自己，一个是在舞台上赢得满满鲜花与掌声，像成功者；一个是躲藏在舞台的角落里，泪流满面，孤独、骄矜与敏感。后者很少会被我们所发现，却又比谁都渴望着表达。

待夜深，一个人躲进书房读书，伴随着舒缓音乐的流淌，如烟往事便也如同蝴蝶一般，纷纷而来。似乎很多场景都如此熟悉，却又好久没见。

我突然想起第一封手写的书信，字迹稚嫩，信中对着母亲说要志存高远；

想起第一次出远门，将要抵达的地址与电话誊抄在一张纸条上，藏了又藏；

想起穿上西装，系上领带后的第一份工作，手拿话筒采访他人，内心骄傲却又患得患失；

想起第一次在刊物上发表文章，欢喜得像个孩子，躲在卧室里哭了又哭，心中多出一个关于文字与写作的梦想，斩钉截铁；

想起与一朵花的邂逅，与丝缕微风的呢喃，与一碧湖水的对视，以及对一只飞鸟、一只野猫和一只蚂蚁的尊重、呵护与懂得；

一切都在慢慢远离，又仿佛从未离去……

读懂幸福

不论过往还是现在，所有的这些都能让我觉察出幸福。有人说，幸福是一个哲学命题，很复杂，标准不一；也有人说，幸福来之不易，短暂即逝；更有人说，幸福是一个感观名词，看不到也摸不着，欲望大了，幸福小了，欲望小了，幸福便近了。

于我而言，幸福就如同这一年四季，春有百花秋有月，夏有凉风冬有雪。如同这一天之中的清晨、午后与黄昏等时分，时时刻刻都能让人捕捉到点滴温存的美好。

而读懂幸福的密码，便是一份藏匿于灵魂深处的感恩与懂得。它将自己与大自然中的万事万物联结，情感合一，疼痛着疼痛，欢喜着欢喜。山川、丘壑、沟谷、旷野、寂静等万般皆是缘，是为美，风雨与阳光亦是。

红尘行走，倘用一颗慈悲菩提心去温润自己，温润生活，幸福时时刻刻，分分又秒秒。

不应被惊扰的美好

清晨，碎碎浅浅的阳光打在窗台上，像一位蒙着面纱的女子，在微风里婀娜有姿。偶有几片枯叶飘落下来，静止着，像一枚书签、一艘小船、一根发簪。我关上客厅的音乐，心想着美好的时光不应被辜负，遂决定出门去小区公园走走。

结束公园的闲逛，在回家的一条小径上，突然看见一只蓝白相间的小鸟，在小径一边的草丛里蹦跳着觅食。它一会儿蹦至左边，用细长的尖嘴在草丛中四处探寻；一会儿蹦至右边，又用自己的尖嘴整理身上的羽毛；一会儿又站在原地，在阳光下，左右张望，确定没有危险，轻微地鸣叫几声，甚是怡然自得。

我在不远处注视着它，内心居然充满愉悦感，这是多大的殊缘，才能在这个晨间与一只素不相识的鸟儿相遇，并见到它的欢蹦与快乐。我悄悄退至一边，然后调头选择了一条从未走过的路回家，虽然多出了很多路程，却满心欣喜。

中午，去邻居家借点料酒烧菜，邻居家门敞开着，我大步走进并喊着邻居的名字，刚到客厅便看到邻居家的孩子坐在书桌边，双手捧着一卷书籍，轻声地朗读着，认真且投入，嘴角时不时露出花开一般的笑，有着属于他自己的宁静与舒坦。或许邻居出门倒垃圾了，又或许……不论怎样，我都没有选择惊扰孩子的读书，悄悄退出房屋，把门虚掩上，回至自己的厨房，关上灶火，下楼去超市买料酒。这场相遇，真好。

傍晚回老家，去三伯家借一把梯子，搭梯子把一楼屋檐处的灯笼路线维修好。三伯不在家，去了田间劳作，我赶至田间，见三伯正俯身半蹲着一只手摘空心菜，一只手接电话。对着电话大声喊："闺女，今晚回家吃饭，给你摘了你爱吃的空心菜叶。"通话一直持续着，虽然我没正面面对三伯，但我想，此时的三伯心里肯定非常开心，因为晚上可以家人团聚。为自己女儿准备一顿精致的晚餐，这是最幸福的事。原本急着要找梯子的我，决定等三伯通完电话再上前叨扰。

晚上，我在台灯下读书，想着白天的一幕一幕，不油然地微微一笑。

我突然想起，曾在我过去生活的岁月里出现过的那些场景，譬如：

蹲在青绿荷叶之上，聚精会神注视着前方的一只青蛙；

冬日，戴着老花镜，坐在门口处，在阳光下专心致志忙着手中针线活的老婆婆；

看着自己的学生在跑场上冲刺赛跑，拼命为其呐喊助威的老师；

在咖啡厅，靠窗边，认真读一本书，写一封信，默读一首诗的女孩子；

晶莹剔透的露珠，在叶面上滚动，无可奈何落下草尖的那一瞬间；

微风徐徐，一位盲人小姑娘正在风中用手触摸树叶的纹路与形状……

原来，所有的这些，都是阡陌时光里点滴温存的美好，这样特别珍贵与温暖的美好，不应被轻易惊扰，而是需要我们给予足够的宁静，尊重与懂得。如此，这些美好会如一缕缕荡漾开来的涟漪，在我们的心中，层层开花，沁人心脾。

无情岁月有味诗

一

清晨,碎碎浅浅的阳光打在地面上,泛着金黄,温和静语。三两棵瘦骨嶙峋的梧桐树排成一排,像冬日里一道独特的风景线,诉说着落寞与孤独。枝丫上,停留着将黄未黄、似留非留的梧桐树叶,在风的摇曳下,像蝴蝶一般,跃跃欲飞。

我在院子里读书,翻到第二章的时候,一只带着翅膀的蚂蚁倏然飞到书本上,先是安静观察,再是开始四处爬行。我惊喜,这样不经然间与一只蚂蚁相遇,多好。把书本悄悄放置一边,眼神注视着它,与它对话,像久违的老朋友。许是时间久了,它想离开,爬行的速度开始快起来。我伸出手,让它爬至我的掌心,然后把手放回草丛,让它回归自然。

前一刻还在为后天的一场重要讲座焦躁不安的我,这一秒,却因为与一只蚂蚁的相遇,而欢喜不已。岁月行走,或许会带给我们些许焦虑、烦恼，甚至是疼痛与悔恨，却从来也不会拒绝心中的一场诗意盛开，如懂得去听一曲清风，看一场细雨，让一只蚂蚁找回自由。

二

车子在笔直的公路上行驶，听着车载音乐，两边一季枯黄的风景匆匆而过，惬意无限。

快行至一处红绿灯路口时，突然瞥见前方有一位中年男子居然闯红灯，再仔细一看，原来是一位盲人，拄着拐杖正在人行路上摸索着行走。这该有多危险！

我刚想鸣车喇叭，但立刻明白这样会惊吓到他，更会让他无所适从。我将车速慢了下来，看车后视镜，右边车道没车，左边车道后面还有一辆轿车正匀加速行驶着。

将车开了双闪，然后脱下外套，打开车窗，用手在车窗外挥舞着外套，其实是示意前面有盲人在过马路，请其减速让行。

车子在红绿灯处停下，盲人正在我车子前面慢慢行走。旁边车道的车子原本可以直接行驶而过，因为是绿灯，可是却也停了下来，待盲人安静从容地从我们两辆车子前面安全过完马路后，我们两辆车子再开始慢慢启动。启动前，我朝旁边车道的司机微笑，这位陌生的司机也回给我一个甜甜的善良的微笑，像一涧甘泉，流淌于心。

过完马路的盲人或许什么都不知道，就在前一个瞬间，有两位不曾相识的司机朋友，为他绿灯让行，为他付出了心中的小小善意。或许，岁月无情，让他看不见这个世界的美好。但是，看不见并不代表美好会消失，无情的岁月里，有着浓浓有味的诗意与人间温情。

三

阡陌红尘，在惊鸿一瞥的岁月荒野里，我们每一个人都是如此渺小，面对疾病、苦痛、老去与突如其来的意外等，如此无能为力。但是，岁月无情诗有味，不论遭遇怎样的风雨坎坷，我们都可以选择像一缕阳光、一瓣花朵、一株狗尾巴草一样，在偌大的大自然里，心存善意与美好，做好自己，对他人有点滴温存的帮助，一切顺其自然，自然而然。

心是命运的指引灯

一

他是一位环卫工人,与我住同一小区。

每天下午两三点左右,他便要穿着厚实的橙色环卫衣服,拿着长长的扫把出来扫马路。

有一次,我去超市买大米,刚好看到他蹲在阴凉处抽烟休息,时不时用卷起的衣袖擦额头上的汗珠,嘴里似乎还唠叨着"辛苦"一类的话语。

我遂走上前,与他攀谈了起来,知道他有一个女儿,在外地读大学,每年需要一笔数额不小的学费。去工地打工时患上了风湿病,重活吃不消,别的技术也没有,只好做了一名环卫工人。

我问他,对自己的工作是否满意。他惊跳,扔掉烟头——

"你就别取笑我了,这样低等的工作谁会满意呢?我是没本事,要是有本事,谁愿意做这种苦力活?维持生计,混口饭吃,没办法。算了,不说了，说了你也不懂。"

说罢，他扬扬手，重新提起扫把，向对面的马路走去。

或许，我是真的不懂。

二

她是一名月嫂。

收入还不错，就是忙碌。

一是要全国跑，哪个城市有人家需要照顾宝宝，她就被公司派遣过去"服务"。二是活计多，不仅要把哭哭闹闹的、尿一把屎一把的小宝宝照顾好，还得负责雇主一家的饮食生活起居，忙里忙外，几乎没得闲。

碰上好的雇主还好，有时碰上蛮不讲理的或脾气粗暴的，稍有不慎便要被骂，骂了还不能吭声，默默忍受，一肚子气没地方出，做事干活依然一件都少不了。碰上"抠门"的雇主，月底结算工资还扣钱，东扣扣，西扣扣，所剩可怜……

一次机缘与她见面，见她友善开朗，于是与她简单聊了聊。

当她被我问及是否喜欢自己的工作，要是碰到不公正的待遇或者碰上找碴儿的雇主还能否很开心时，她很坦然地回答说——其实，做月嫂工作，我还是出于对孩子内心的爱，我愿意去照顾他们，钱是一个因素，因为要生活，但不是必然因素，所以，只要有孩子，我就很开心，看到天真无邪的孩子，被我照顾得白白胖胖时，那我什么烦恼都没有了。

一番话，让人心生敬佩。

三

过了段时间，我一位朋友喜得千金，让我介绍月嫂，我想起她来。

给她打电话，问及是否有时间过来帮忙时，她说，恐怕没时间了，因为马上要出国了，国外有一富贵人家高薪聘请了她做常年的保姆，包吃住，月薪8000美元，约人民币6万元。

表示祝贺后挂完电话，突然觉得这位月嫂很幸运，这样可观的工资在国内得要CEO级别的人物了。再回头一看小区里的那位环卫工人，依然还是大热天板着个脸出门，辛苦忙碌，疲惫着身体，沮丧着回家，生活似乎没有半点起色。

有时候不禁要问，为何起点都是普普通通的两个人后面的命运却截然不同呢？

或许，是因为内心的出发点不一样：一位是出于生计，被迫就业，对生活充满无奈和恐惧，生活所回馈的自然是平庸与无奇；一位却是出于对孩子的热爱和对生活的期待，生活所回馈的是如她一般明媚的礼物。

原来，不同的初衷，会绽放出不同的福报之花。所以，人生最宝贵的，不是我们以怎样高贵和荣誉的工作来诠释我们的身份和品质，而是，当我们身处平凡与卑微时，却依然能保持一份澄澈、坦然与高贵的心情，演绎好最本质的哪怕是卑微的活计与工作。

心是命运的指引灯，心美，万物是情，一切皆美！

站在云朵之上看幸福

一

背包出门旅行,坐于地铁上,在"嫩江路"站的时候上来一对中年夫妇。

男子背着一个大大的行李包,女子手拎一个红黑相间的蛇皮袋,他们找到我对面的座位空处坐了下来。

等将大小包置放一边后,男子突然用手比画起来,很卖力的样子,表情也夸张丰富,时不时朝旁边的她挤眉眨眼,似乎在叙述什么好玩有趣的事情。果然,女子笑了,也用手比画回应了下,而后就安静注视男子的"尽情演出"。看得温暖处,就浅浅地笑,露出白白的牙齿,晶莹美好。

原来,他们是一对聋哑夫妇,从他们的穿着打扮来看,是外来务工人员。

或许,在这座繁忙的都市里,他们的工作环境会很破旧,工作会很辛苦,住宿会很简陋,但是,从此刻洋溢在他们脸上纯真的微笑来看,他们是幸福的，仿佛天空中那飘着的轻絮而洁白的云朵，万般宁好。

二

晚上住进一家酒店休息，躺在床上看电视的时候，看到了《中国好声音》里面一位新疆餐厅驻唱歌手在用吉他演绎深情歌唱，本想漫不经心瞄一眼就换台，可是，当透过深沉忧伤的歌声看到屏幕上显示的文字时，心如草中露，被濡湿了——

我想回到童年，想躺在你的怀里，我想坐在你的自行车上和你去公园，爸爸。我想吃你做的拌面，想穿你织的毛衣，我想偷吃你做的饼干，妈妈。你儿子现在是个好人，我觉得实现了你们当时的期望，像你们希望的那样娶了妻子，也有两个可爱的孩子。在这美妙的时刻，你们在哪里？……

原来，他叫帕尔哈提，32岁，有两个孩子，有一个幸福家庭。但是，他的爸爸、妈妈、哥哥都已经不在了，本想随他们而去，但因为要照顾家庭，所以，强忍悲伤，努力支撑了下来。只是，每当一个人的安静时刻，思念就会蔓延与流淌，于是提笔写歌词，然后自己歌唱，来表达对远去亲人的真挚情感。

当导师问及他的梦想时，他的回答很简单——没有梦想，因为梦想是自然而然的。

一把冬不拉，一把电吉他，一套架子鼓，就可以自娱自乐弹唱一整个人生。所以，在他看来，走踏实的路，做踏实的人，然后修炼一颗踏实内省的心，那么，这样的真实气息流露出去，有些梦想自然而然也就实现了。

多么质朴有力的话语，让现场的导师感动流泪，让观众不油然地起身鼓掌。

很多人追求的梦想都是名利场，以为那样的成功就是幸福，而他，只是纯粹地用生命及情感歌唱，自我丰盈与快乐，像一望无垠的蓝天，深邃、悠远、广袤却毫无瑕疵，让人心疼，让人敬佩，让人豁然了悟。

三

一个人在乌镇街头漫步的时候，看到街角一个偏僻角落里有一个盲人先生在摆摊算命。

很多年以前，对于这些子虚乌有的所谓算命一直不信，但近些年，遇过一些风雨，走过一些泥泞，见过一些起伏，似乎渐渐觉得，有些人、有些事，还是有说不清道不明的因素的。

于是，走向前，端详一番后，与他交流了起来。

"先生，您的算命准吗？"

"一半，一半又一半。"

"什么意思？"

"命理一半，姻缘造化一半，后期努力又一半。"

听他这么一说，顿觉得他的话有些味道，于是说不算命，就和他聊聊，然后给算命的钱是否可以。得到先生的允诺后，搬来一张竹编的小凳子，坐了下来，开始了自己内心的问题。

谁知，这一聊，我们万般投缘，天南地北都扯了起来，似乎有很多共鸣。我把一些现实中的不得意、苦闷和困惑都逐一说出，先生也给了我最最诚恳的建议和解析，而我那原本想行走见识风景的心，沉淀了下来，觉得与智者交流是一件非常幸福的事情。

最后起身掏钱给他，他拒绝了。他说，他算命，不全是为了钱，而是为了给自己一点事情做。他说，一个盲人，也不能做别的，自己懂这行，就坚持了下来。他说，其实并不缺钱，儿子很能干，有钱。他出来行走，一是为了真的能够开导别人，帮助一些人，如果在这个过程中，还能得到一些尊重和认可，就很满足了。

是啊，在现实生活里，我们或许是会碰上很多专业的江湖术士，坑蒙拐骗，但也总会有那么一些平凡质朴的人，做着真心诚意的事，不虚度自己，也不忽悠别人，即使身处黑暗囹圄，也能永远体验着最为简单的幸福。

四

烟雨红尘里，我们每一个人其实都是奋斗者，都在努力付出，从而可以让自己过得好一些，让家人过得好一些。只是，我们在追逐过程中，有时会偏离轨道，以为只有拥有足够多的物质财富，才能换得幸福的降临和停留的永恒，如此，就会让自己很累，很累，很累。

其实，试着把心放低一些，像那对聋哑夫妇、像那位驻唱歌手、像那位算命的盲人先生一般，站在云朵之上看幸福，透过洁白、无瑕与灵动的云朵，审视自己的人生之后，那么，生命中，那些微茫如草芥的尘埃，哪怕风雨，都能像呼吸的存在一般温和、美好！

蹉跎岁月中的剪刀老人

清晨,坐于书桌旁边看书,窗外响起了一位老人的吆喝声——磨剪子喽……剪子喽……

久违而又亲切的声音如冬日絮语一般破窗而入,记忆如一根细绳,倏地,便连接到了童年,我的故乡。瓦房,木檐,青苔石巷中一位老人背着四尺长凳,用他那浑厚的嗓子,拖着长音,吆喝着生意。每每他摆下凳子,拿出生锈的剪刀在磨刀石上起磨时,我们这些孩子便围在他的身边,时而听他讲故事,时而站起来你追我赶,时而安静下来听剪刀磨触时的沙沙声。所有的一切,如同一张泛黄的老照片,在心中被定格珍藏起来,成为遥远的过去,却又恍如昨日。

我从家中拿了一把一直被搁置在抽屉一角的锈迹斑驳的剪刀,下楼,循声而去。老人60多岁,头戴一顶棕色蛇皮大帽,身围一条橙色围巾,坐在长凳一边,手里对着一把旧式的剪刀喃喃自语:"好剪刀啊,这样的剪刀现在再也买不到了。"

"老爷爷,磨一把剪刀多少钱?"我边说边递给他手中的"黄色"剪刀。

老人笑着接过剪刀，扯着嗓门回答我："不要钱，小伙子。"

我惊讶了，这样寒冷的冬天，他一大早便背着长凳和磨刀工具出来吆喝，居然不是为了赚钱？我找来一木凳，在他身边坐了下来，许是他看出了我的困惑，娓娓道来具体原因：老人祖辈都从事磨剪刀这门手艺，到他手里已相传了好几代。他原先住在山村里，以走街串巷"磨剪刀"为生，而已是公司销售经理的儿子怕父亲劳累，将他接来城市一起居住。习惯了乡村生活的他，哪里适应城市的生活，手里一天不触碰剪刀便觉得难受。于是，他背起长凳，开始在各个小区"磨剪刀"，不为钱，图的是内心的快乐与舒坦。

"或许有一天，'磨剪刀'这一古老行当终会渐渐在城市的喧嚣中远去的。"老人边磨剪刀边感慨万千。

的确，孩提时那些打水仗、堆泥人、在农家地里偷西瓜的趣事都已恍然如梦，现在的孩子哪里还会围着一位"剪刀"老人，上蹿下跳，兴奋不已呢？而老人出来替人"磨剪刀"，寻的只是一份安然情愫，这与物欲横飞的现今是多么鲜明的对比。一直以为，于一个农村孩子而言，能在繁华的城市过上旖旎多姿的生活，便是幸福，便是梦想成真的见证。可眼前的老人让我深刻知道，真正的幸福，是坐在瓦房门前，看远方的天空，听风声、雨声和虫鸣声，在平淡的流年里，细数琐碎的光阴。

一阵微风的恍惚中，原本锈迹发黄的剪刀已被老人磨得光鲜明亮。告别老人，身后又传来他那"磨剪子喽"的吆喝声，这带着方言味的声音在蹉跎的岁月里似乎显得越来越清晰，和着风声，甜了记忆，却有一种让人哭泣的冲动。

乡　愁

黑夜，如刀子一寸又一寸地抽出皮鞘，蛇一般从桉树叶上悄然滑落。在光与色彩的变化中，在鸡啼声中，在屋顶那袅娜的炊烟之中，迎来了乡村的晨曦。

阔别多年，沐浴着晨光，我再次站在家乡的老屋门前，心中感慨万千。犹记得小时候，每天天蒙蒙亮，父亲便背起锄头去田里干活，母亲在水龙头旁边淘米洗碗，准备熬粥做早餐。我呢，则是一人坐在门槛上，玩着手里的弹珠，嘴里唱着《雪山飞狐》的主题曲——"雪中情，雪中情，雪中梦未醒。""雪中情"与家乡方言里的"煮粥吃"极为相近。因此，邻居大伯听了经常笑着问我："你那么早就在等母亲给你煮粥吃啊？"而我会在噘起嘴后又不好意思地掩过头。那时的日子，虽是清贫甘苦，却像一曲纯真的童谣，恬静美好。

老屋似乎是一位见证苍凉时光的老人，静然着，以慈祥的目光端详着此刻的我。屋前的橘树约有六年沧桑，上面长满了大小不一的橘子，叶片上沾着熠熠发光的露珠。那露珠，像是我心中的一滴泪，晶莹澄澈却因终究无法在叶尖上驻留，滴落而下，融于厚实的泥土之中。也就在那一瞬间，这滴露，似乎让我读懂了生命的味道，在我的心灵之湖中荡开涟漪。我知道，这是我的故乡，我永远的家，或许哪一天，我也会与它永远地相依相守，时光沉淀，安好。

慢慢地，行至田野中，一片紧挨一片的稻叶挺直了腰杆，生机盎然的绿意之中透着淡黄，再过些日子，又将到收割稻谷的农忙时期。小时候，爷爷总爱将我架在他的肩膀上，然后让我揪着他的耳朵"开飞机"。"飞机"到达目的地后，他将我放置稻田里，任我一人割草抓青蛙，弄得满身泥巴，而他却和爸爸、叔叔一起收割稻谷。我玩得累了，就爱在一边数他们谁割得比较快，看他们弯腰挥汗的样子。那时的我只觉得好奇，为何他们的动作可以如此连贯利索，而如今，却是异常怀念与疼惜。

遐思中，一群小朋友嬉闹着从我身边跑过，我忽然想起儿时的伙伴们：我们一起在雨中狂奔，一起捉迷藏，一起到田间偷西瓜，一起于河里抓鱼虾，一起在大坝上吹风晒太阳……所有的一切，恍如昨夕，只是如今的我们早已各为生活忙碌，失去联系。微风拂过，我远望着村民们那在田间劳作的瘦小的身影，还有那连绵起伏的山和仿佛被挑染过的彩虹般的半边苍穹，心便像从尖锐的草尖山滑过，刺疼。

一个人，走走停停，寻找着年少时的记忆。家的感觉，永远都是如此熟悉与亲切。只是，不经然间，心中便开始吟唱一曲时光逝去的挽歌，歌声中，透着温馨与感动，却仍载不动那几多乡愁。

一场亲情的疼痛行走

应邀去外省做灵性写作讲座,坐于一辆驶向机场的巴士上,全车的人都在看巴士电视屏幕里播放的一段小相声,哄堂大笑。因为表演相声的男孩才八岁,打扮成世俗老成教书先生的样子,评点着当下热点事件,笑料百出。我也是双眼盯着屏幕,不断地笑,生怕错过任何精彩环节。

相声表演结束,主持人问男孩,哪里来的这一讲相声的本事,男孩轻轻答了一声,说是爷爷教的。全车的人依然在笑,而我,在听到"爷爷"二字时,心仿若瞬间被尖锐的硬物击中,无法呼吸地疼。

是啊,爷爷,我的爷爷,刚刚前几天因食道癌晚期去世,如此不舍,却又无能为力。

望向车窗外,突然想起小时候,野花漫开的季节,坐在田埂上,看田间劳作的爷爷,只要喊一声"爷爷",他就会起身,放下手中的锄头,像变魔术一般,从裤兜里拿出糖果给我吃。待劳作结束,他会让我骑在他的脖子上,让我遥控"开飞机",那时的时光,朴素,安然,开心,是我一生也无法忘却的幸福。

突然想起读书的时候，都是爷爷清晨烧好早饭，喊我起床喝粥。喝好，然后一老一小步行去学校。送我到了学校，微微笑同我告别，折路去茶馆，他爱喝茶，喜欢和茶友们说，他有一个聪明乖巧的孙子。而后傍晚，早早在村口左顾右盼，看到我远远走来的身影，便会大声喊我的名字，意思是他接到我了。

依然记得，初中那年，他生了病，被医院告知病危，所有家属都在他病房里哭，但他微笑着说，这个时候，他不敢走，因为孙子还没出人头地。我藏在房角，不敢哭，但却记住了爷爷的话，要出人头地，哪怕不是为别人，只是为自己所爱的人。

爷爷走之前的两天，晚上我梦到了他，梦中的他病痛难忍，却依然微笑，向我招手。于是第二天，赶忙给父亲打电话，问及爷爷的病情，父亲轻微回答着，意思是就这几天的时间了。开车赶回家，见到了爷爷，爷爷已经虚弱地说不出话，靠输蛋白质维持生命，根本无法进食。我在纸条上写字，说要出门给学生讲课，爷爷看了后，动了动手指，意思是赞许。第二天，在远方的城市，便接到父亲的电话，说爷爷走了。

心瞬间好痛好痛，之前拼命压抑着所有情感，全在那一刻开洪崩溃了。想起往昔爷爷的一点一滴，想起童年的往事，始终不敢相信这是真的。爷爷从来没和我讲过任何要好好读书，做好人之类的道理，但是我却刻骨铭心地记下了他平时为人处世的友善、和蔼，面对苦难时的坦然、豁达，以及对家人的爱，深沉如脚下土地一般厚实的爱。

有作家说，今生今世所谓孩子与父母的缘分，其实就是一场渐行渐远的行走，孩子在前面跑，父母在后面追。父母说，孩子，你慢慢走，别太快，担心摔着了。孩子灿烂地笑着转身回头，说，爸妈，不必追，说完，就消失于路口，只剩下既喜悦又担心的父母，独自等待。

而我想说，今生今世，父母与孩子的缘分，又何尝不是一场渐行渐远的行走，等孩子长大了，父母老了，父母在前面蹒跚行走，我们孩子在后面追，知道父母走得慢，却不论如何也追不上，心里着急，又害怕，又惶恐，于是大声喊，爸妈，你们慢点，等等我。父母转身回头，微笑说，孩子，不必追，自己多保重。说完，父母也就消失不见了。从此，只剩下孤零零的孩子，等待人生下一场亲情缘分的必然行走。

这样的行走，如此无能为力，肝肠寸断，是生命中不能承受之重。

现在的自己，经常会回儿时的村庄，看看爷爷住的房子，走走爷爷走过的路，去茶馆坐坐，在村口待待，反反复复体验当爷爷活着时，所挂念于我的一切心情。所幸的是，爷爷当时的挂念是满满的幸福，而我此刻的挂念却是天人相隔的思念，以及无法言说的疼痛。

时光延绵无期，唯愿我们活着的人，都能强大和不断完善自己，保护和珍惜当下自己所爱所念的人，等有一天真的离别时——有痛，却无悔。

第三辑

没有一朵花
会错过春天

努力了，坚持了，总有一天会成长为我们想要的那般模样，因为世界上，没有一个人可以逃避磨难，也没有任何一朵花，会错过一个生机盎然的春天！

没有一朵花会错过春天

他是我远方一位非常好的朋友，是画家，一次文艺座谈会上，我们结缘相识。

他非常热爱画画，达到了疯狂的地步。他说，哪怕是蹲在监狱里，被囚禁，但只要给他一支画笔、几幅画纸，他就可以很开心，丝毫不会无聊，或者惶恐，因为于他而言，绘画就是他生命的全部。

但是，他画画几年，名气却不大，他的绘画作品，问津的人很少，所以，他的日子过得比较清贫。妻子经常责怪地说，要不放弃画画吧，做点小生意，贴补家用，给孩子上好一点的学校。他苦笑，有些无奈，但未放弃。

我们经常私下交流，我问他为何如此执着。他说，一颗玉米肆意丢在田里，或许不可能枝繁叶茂，但也绝对不会死亡，只要你肯给它一瓢水、一处沃土，它有一天就会开花结果来回报你。而画画，就是那么一个等待花开的过程。

这样的话语，让我敬佩不已。

是的，他对自己的作品是很有信心的，缺少的，或许仅仅只是一个机会。

可是，随着时光的挪移，家庭生活的开支负担加大，他原本的那点微薄的画酬根本无法维持生计，他开始去一家画廊上班，做美术教师，拿讲课费。

因为有了"美术老师"这个光环，很多人开始羡慕他、崇拜他，而他却越来越苦恼，因为讲课，他自身的创作时间就没有了，这样的创作时间的丢失，于他是异常残忍的。

一个冬末时分，他带学生去田间绘画写生，在河边漫步的时候，看到了一棵枯萎了的、奄奄一息的柳树。他是一个非常热爱自然的人，热爱自然间花草树木等一切具有鲜活生命气息的景致，柳树的枯萎，让他觉得非常沮丧，像是失去一位特别好的朋友。

之后的每一天，放学后，他都会骑自行车去河边看望柳树，希望它能活过来。可是，每一次的失望而回，让他的心情跌至低谷。如此高大的一棵柳树，却依然无法改变命运的安排，是不是，他这辈子也无法在画画上突破自己？

这样想着，以前都非常自信的他给我发短信，表现出了担忧与惊慌，不知是否继续坚持画画，来自家庭的责任和压力并不算什么，但他过不了自己内心的那一关。

我回短信，鼓励他，再坚持看看，我说，春天很快就来了。

回完短信，随着时光挪移，我也就慢慢淡忘了这件事。

一个春日的午后，蓝天、白云，我在课堂上给学生上课的时候，突然接到他的电话，挂了又打，只好勉为其难地来到室外接上了，刚想轻声说——这会在上课，等会儿聊。可没等我开口，对话那头就传来了非常兴奋且响亮的无厘头的声音——它复活啦，它复活啦！

声音被学生们听到，教室内瞬间爆笑了起来，见学生们笑，我也就开了免提，幽默着说，干脆我们一起来体验下意外来电的故事情节吧，学生们欣然不已。

他说，那棵柳树真的复活了，现在已经是嫩绿，春意，生机，柳枝在风中摇曳，笑脸盈盈，无限温暖。因为柳树的复活，他说他也医治好了自己的心病，知道了以后的路该如何走了，说感谢我，叫我放心。

挂上电话，内心触动不已，决定改变原本已经备好的写作教案，向班上的学生们开始讲这位画家的故事，故事讲完，让大家去总结，一棵柳树的深刻意义。

有一个学生站起来说——我们也要如柳树一般如此顽强，哪怕身临困境，只要有一丝的希望，也绝不妥协与放弃成长，坚持等待明媚的春天的到来。

说得多好，掌声一片。

是的，努力了，坚持了，总有一天会成长为我们想要的那般模样，因为世界上，没有一个人可以逃避磨难，也没有任何一朵花，会错过一个生机盎然的春天！

来吧，和生命跳支舞

四月。清晨。上海。

我在微风里。

身后是凋零了一地的白色的不知名的花瓣，碎碎的，横乱着。

注视，在这暮春的季节里，内心突然便忧伤起来。

月盈则缺，花盛而谢。如果生命必然要历经离散与凋零，那么，我们到底该如何做，才能让她完美无缺？是不是，只是一个虚幻而又缥缈的梦？

恍惚中，想起大学期间的一次长途旅行，在火车上遇到一位摄影师突然在中途下车，原因只是火车在行驶过程中，透过车窗，他看见了一朵从未见过的花。于是，他一个人，沿着铁轨，走了漫长的路，终将那朵花定格在湛蓝的天空中。

在我快到达终点站时，收到了他的短消息，四个字——相遇美丽！

当时只是觉得他的做法有些冲动，甚至以为所谓的艺术便是很傻很天真。

可这些年，走过许多路，遇过一些人、一些事，知道了什么是生命的起伏与坎坷、贫穷与无奈后，便开始放慢人生的脚步，腾出一些时间给自己思考与感恩。于是，原本追求风光与沉醉生活的自己，冥冥中开始转变，会起早看晨起的太阳，感受阳光的温暖；会为一株草感动，为一首歌忧伤，为一个需要帮助的人尽自己全力帮忙；为步履蹒跚的老人感慨，为欢快活泼的孩子傻笑，为生活中每一份微弱的光芒自豪。

于是，有一次我放下手中的书籍，给长时间未联系的只有一面之缘的他打去电话，万般投缘，似乎天涯觅得知己，我知，我们都是在从彼此的倾诉中寻找生命鲜活的气息。

原来，爱生命到灵魂深处，周围的一切，都是满满的爱，灵动，盎然。

虽然真正永恒的生命不存在，可是，如果你在对的时间，邂逅了一朵花开的美丽；在对的时间，遇上了对的人；在对的时间，和另一个生命最初纯真的自己重逢，那便是人生的极致啊。

所以，请试着放慢你追逐生活的脚步吧，在月亮羞涩掩藏之时，在炉火边，请捧起一卷书，仔细阅读，然后，慢慢地闭上眼睛，那么，全世界的织锦繁华，都装在了你的心里。

但是，千万不要走得太慢，因为花会凋谢；也不要走得太过匆匆，因为那时的花，还未开放。最好的方式，是心念着欢喜，追逐一朵花开的美丽。然后，停下来，静视心灵，和生命跳支舞。

我想，舞蹈背景一定是慕恋一场无疾而终的雨，音乐是聆听一曲静谧悠然的歌，而舞伴则是吟诵一首旖旎多姿的诗，不论生命起伏、坎坷或反复，一如既往地在舞步中保持一颗安然而又坚定的心。如此，你就不必害怕那时光的兵荒马乱，因为，那些坦然与无憾，有如常青的藤蔓，已经爬满你生命中的每一季。

恋着多欢喜

曾经在一个偏僻的街角，看一位老人拄着拐杖，一步一步地，许久的时间，只是走了一小段的距离。注视着老人瘦弱的背影，眼角居然渐渐湿润起来，当时想，多年以后，当我头发白了、腰弯了、背驼了，是不是也会有那么一天，一位少年在我身后看着我蹒跚行路呢？生命是不是真的会有那么重合的一天？

曾经喜欢一个人背包去旅行，只是南下或北上，没有预设的地方。到了一座陌生城市，把行李寄存好，然后随意坐上一辆公交车，一直到终点站下车，一个人，摸索着沿原路返回。当我庆幸着终于找到出发点时，内心突然便忧伤起来，哪一天，如果我们迷失了人生中的路，还能依着原路返回吗？而路边的风景又都变了吗？

曾经喜欢一个人静静地养花，最初捧回来的只是一盆泥土，可是等着、等着，在那么不知名的一天里，你便突然看到了那破土而出的小脑袋，欣欣然地，对周遭的一切都充满了好奇。整个花开的过程，我感受到了生命坚韧的力量，是呀，一朵花要想看到自然间的姹紫嫣红，赢得他人的欣赏与赞美，它得在黑暗的泥土中熬上多少痛苦的时光呢？原来，美好总是与苦难相对而言的，没有人，与生俱来就能拥有这样的美。

曾经在一个风雨天，跑去荷池旁，欣赏一朵半开的莲花，迟迟不肯离去。是的，它在泥沼的浅地里，在风雨中，昂然挺立着，半开着，淡淡地，欲语未语，将红未红。外界风雨也好，污浊也罢，它只是半开着，不嫌寂寞，不妖不香，唯我而又忘我，它只开给自己看。看呀，这是一朵多么美好的清净之莲啊，如果生命必然要有风雨，那么我们又该经过怎样的历练，才能如它一般淡定与自然，追寻内心最为坚定的声音呢？

曾经歇斯底里地唱歌，唱出一个人的地老与天荒；曾经与渐将凋零的落叶共舞，舞出极致而又永恒的长眠；曾经反复不断地吟诗，乱红在哪，秋千在哪，泪语问花之人又在哪？

曾经……曾经……曾经……

原来，我曾慕恋过这么多人间的小欢喜，而这些小欢喜里都浅淌着生命的气息。可是为何，又曾有那么一段时间，为了追求那风光奢华的现实目标，错过了那么多沿途的真实风景？如果没有静心谛听过生命中的花开花落，那么，那有关于名利沉浮的美或繁华，只能是，形同虚设。

所以，请以美好的姿态，去恋一个人、恋一座城、恋一份静谧时光吧。因为，或许似水流年里，岁月依然是冷，衣裳依旧是薄，薄暮仍是荒凉。可是，心中有莲花开着，你恋着，明天就还有一个光明等着你，生命便依然鲜活着。

没有阳光，你恋着时，你自己就是阳光；没有欢乐，你恋着了，你自己就是欢乐；因为恋着，一首歌，一句话，一封情书；一个人，一杯酒，一场邂逅；一朵花，一株草，一次失败与落寞，这些都可以是生命中的极致！

原来，恋着，是多么美好的一件事，简单而又真实。

如果有一天你累了，或倦了，请仍然笑着对自己说一句话吧——"恋着多欢喜"！

永远的风信子

朋友从花店买了一株风信子送赠于我,当时它未开花,像幼儿拳头般大小的球茎上探着一个嫩绿色的小脑袋,那便是它的芽。

按照朋友的嘱咐,我将球茎放入一个水杯中,水面刚好到球茎底部,然后将其置放于书房的窗台边,每两三天换一次水。第五天换水时,我发现花茎底下长出了白色根须,嫩绿色的芽也长大许多,含苞待放的样子,这让我欢欣不已。

接下来的十多天,它一直在长。白色根须已长到了杯子底部,长短不一,相互交缠。球茎上也开出了一个新的花蕾,似乎在你不小心眨眼的瞬间,花蕾就会绽放,让人忍不住捧住水杯,满心观望。

其间,我出了趟远门,因走得急,就粗心地将风信子搁放在家,无人料养。为此,我心里一直忐忑不安,觉得内疚。回家后,我第一时间进入自己的书房,见到了让人惊讶的焕然一新的它:长长的花枝上面,挤满了绽放饱满的紫色花朵,一朵紧挨着一朵,摇摇欲飞,像是在欢迎主人的归来。白色的根须,挨成一捆,甚是美丽。有几朵花,透着嫩白,微微张开，欲遮还羞。花朵们姿态万千，有的像内敛女子，绽放着、安好着；有的像淘气孩童，挤挤眼、努努嘴，可爱至极；还有的像在对镜装扮，淡淡妆、素素眉，兀自欣赏，兀自妖娆。打开窗户，将杯子捧于手中，风吹来，幽香入鼻，我笑了，眼角溃着喜悦的泪，那颗紧张悬着的心也终于安然。

我仔细回忆着它的开花过程，突然想起曾读到过的一句话："一朵花的开放其实正是花心的破碎啊！"的确，当我们惊羡于某一样事物的光芒之时，千万不能忘了那过程的艰辛。或许，正是它每天一点点的努力与付出，才换得此刻花开的绚丽。要知道，世间并没有多少人知道它的存在。所以，它这样努力开花，不为炫耀，不为名利，为的是对自己负责。就如某部书中提到："我们最终要负责的对象，千山万水走到最后，还是'自己'二字。"只有对自己负责，才能对他人负责。如此，我突然想起自己这些年的奔波劳碌，只是迫于生活，而迷失了内心深处的那个真实的自我，顿觉惭愧。

在这纷繁的尘世里，我们真应像这株风信子学习，如它一般不悲观、不自傲，淡定，自然，不管花开过程有多辛苦，始终坚定如一，不放弃目标，对自我负责。待花开之后又能带给人们生机盎然的美，带给人们满心的欢喜，燃起人们内心对于生活的热情与期盼。

花开必然花谢，或许，若干时间后，我终要因为它的凋零而疼惜不已。可是，它的美，却真真切切地开在了我的心间，开在自然里，永远地安静着、微笑着，似乎随时可以让人觉察出感动来，浓烈而又执着。

一株风信子绽放的过程，像极了我们所应追求和努力的一生。

心田上的蝴蝶兰

喜欢那株蝴蝶兰，一见倾心。

每次经过那家盆景店，我都会静足于那株蝴蝶兰旁边，满心欢喜地观望好久。

蝴蝶兰是兰花的一种。历来，兰花因它清新飘逸的幽香、刚柔相济的叶丛与端庄素雅的风韵，被人推崇与钟爱。而蝴蝶兰更因其花色艳美，气清质秀，被人们誉为"洋兰皇后"。

我所喜欢的这株蝴蝶兰是紫色的花朵，有的含苞待放，如婴儿微微握紧的肥硕的小手；有的却整朵盛放，优美的摆姿，大方地接受外界的欣赏与赞美；也有的，盛放一半，欲遮还羞。它们有五瓣、六瓣，大小不一，姿态各异，高高低低地生于花枝上，静止着，却如蝴蝶一般，摇摇欲飞，兀自开放。

欣赏它，总会让我想起与蝴蝶有关的故事与古诗句来。如梁祝化蝶双双飞舞的凄美的爱情故事；李商隐《锦瑟》中的"庄生晓梦迷蝴蝶，望帝春心托杜鹃"；杜甫的"穿花蛱蝶深深见，点水蜻蜓款款飞"；谢朓的"花丛乱数蝶，风帘入双燕"，等等。如此，这株蝴蝶兰就不只是一株简单的兰花，在我眼中，它是各种情感的象征与表达。而我，也爱之愈深了。

那次，再经过盆景店的时候，我有了把它买回家、与它朝夕相处的想法。

"小伙子，喜欢吗？我看你经常过来。"一位年近七旬的老人，拎着洒水壶朝我走来。

老人便是店主，戴副边框眼镜，身材瘦小，背微驼，前额有些突出，目光却炯炯有神。听路人说，他膝下无子，独自一人经营着这家盆景店。

"喜欢，非常喜欢，请问爷爷这盆蝴蝶兰卖多少钱？"

"呃……它暂时还不能卖。"

"为什么？爷爷，有人预订了吗？"

"没有，我想你大概还不知道它的生活习性，如何去养殖吧？如果是这样，你把它买回家，它必然会很快凋零，那么也就不能带给你愉悦的心情，反而让你变得自责和伤心，是吗？"

我恍然大悟，不禁对眼前的这位瘦小的老人产生一种敬意。

从那之后，我经常会去老人那边，向他学习蝴蝶兰的种种知识。知道了它虽是喜阴植物，可养殖过程中仍然需要使兰株接受部分光照，但也应避免阳光直射；知道了在秋冬这样温度较低的季节，应该注意增温，不能像其他花草一般频繁给它浇水；知道了它一般选用水草、苔藓作为栽培基质，应以少施肥、施淡肥为施肥原则等。

周末的一天，我在家看书，门铃响了。我开门，惊讶不已，老人居然将那盆我心心念念的蝴蝶兰托快递公司送到我家，并留了张小纸条："恭喜你，现在你可以真正拥有它了，希望你可以因它而快乐。"

关上门，将蝴蝶兰捧于手心，眼眶有些湿润，我明白老人的用心良苦。也因此，我去老人那边更勤了，会经常帮他照顾一盆盆的花花草草们。

老人生活节俭，衣着也很朴素，卖盆景的钱有时候甚至入不敷出。我看在眼里，疼在心里。

舅舅的新公司开张，需要大量的盆景做装饰，我向舅舅请求，把订购盆景一事让我负责操办，舅舅见我懂得主动替他办事，很爽快地答应了。

我联系了货运公司，特意叫了一辆搬运货车。在前往老人店里的路上，我的心里像灌了蜜一样的甜，一直想着这次的大订单肯定能让他喜出望外，这当是我对他的回报。

车子在老人店门前停了下来，那时老人正弯着腰给一株不知名的花浇水。我下车，飞快地向老人跑去。他见我过来，放下水壶，笑呵呵地看着我。我气喘吁吁地向老人说了订购的事情，洋洋得意地等待着他的表扬。可是，我的话像一阵冰冷的风，吹散了老人脸上原有的笑容。他沉默了一会儿，轻轻地叹了一口气："你回去吧，谢谢你的好意，我不卖，你让我失望了。"

我明显感到了老人脸色的变化，呆住了，愣在原地，委屈的泪水在眼眶中打转……

起初，我很不理解老人为什么会拒绝我的好意，而且还流露出指责的意思。为此，我闷闷不乐了好多天，也没再去老人的店里。后来，因为忙碌，我逐渐淡忘了此事。但是那盆蝴蝶兰一直被我细心地照料着，它成了我生活上很好的朋友。每天早晨上班前，我都会同它告别，下班回家后，又会第一时间急着找它，看看它是否和昨日一样美丽地绽放着。那清幽的花香，让我忘记了工作的疲劳与辛酸。

如此日复一日，时间久了，我慢慢发现，这宛如蝴蝶的兰花，不经意间，已经在我的心灵上开始盛放，牢牢地占据着一角，挥之不去了。而原本我那颗为生活到处忙碌、奔波的几近荒凉的心，却因为这些娇艳的蝴蝶们的飞舞，重新焕发出光彩。生活也不再只是紧张与枯燥，整个心房被那姹紫嫣红的美包容着，暖暖的，暖暖的。

　　静视心灵的那一刻，我突然想起老人当初不经意间对我说过的一句话："我种花、养花、卖花，只为花，为缘分，为心灵上的享受，不为钱。"反复品念着这句话，我似乎明白了老人当日的做法，在他眼里，每一株花草都是一种灵动的生命，而不是摆设品。我为老人的坚持而感动，为自己对老人造成的心灵上的伤害而感到内疚。

　　时隔多日，我又重新回到老人店里，老人又瘦了，背更驼了。他见到我，亲切地招呼着，反复说上次的事别往心里去。我握住老人的手，一字一顿地说："谢谢您，爷爷，带给我这么宝贵的心灵上的财富。"

　　老人先是惊讶，然后眉头逐渐舒展，用手亲切地抚摸着我的头，欣慰地笑了……

　　生活中，除了名利与金钱外，总还有一种发自内心的情愫，可以让我们为之倾迷、追逐或持之以恒地喜欢下去，如蝴蝶兰的花香，清新、淡然，却历久弥香。我想，我会永远感谢老人，让这株蝴蝶兰真正在我的心田上绽放，永不凋零。

生命的初衷

1

一次大学讲座，因为精彩的讲座内容，获得了现场无数的雀跃的掌声。这样的掌声让我异常兴奋，在即将结束的几分钟里，不禁有些自鸣得意起来，言语中有了一定的自赏与骄傲。随后，讲座结束，是新书签售。偌大的多功能会议厅全都是来听课的学生，他们一起涌动着挤向演讲台。

我在自己的新书扉页上狂舞着手中的笔，虚荣的心，得到了满满的填充。

晚上，等我忙碌结束后，一个人坐于酒店房间内，准备换衣睡觉。在那一瞬间，忽然摸到外衣口袋内的一张纸条，上面写着几个字："老师，希望您别忘了您的初衷。"

这样一句简单的话，让我一时不知如何是好。是呀，我的初衷是为了什么？是为了光彩照人，还是为了此刻的掌声与鲜花？仔细思考后，内心顿觉愧疚不已。因为，我得承认，现在的一切，离我最初写作与讲课的愿景，太远，太远。

我想，我得真诚地感谢那位不曾相识的朋友，一句话，拯救了一颗即将陷入名利泥潭的心。

2

他是我的大学同学，那些年，学校里的大小晚会总少不了我们。因为，演出上，我主持，他抱着吉他歌唱，配合默契，也正是因为这样共同的爱好，我们成了无话不说的好朋友。

大学毕业后，我选择了求职工作，而他，毅然决定背起木吉他，先南下然后北上，进行一场音乐的流浪旅行。

工作后的忙碌，让彼此的联系越来越少。那日，一个寂静的午夜，我接到他的电话，他说，明天将到上海。第二日，我风尘仆仆地去接他，他清瘦了许多，说话也不再是以前那样不可一世，眼神中透着一份坚定，稳重与成熟了许多。他说，他在外流浪了一年多，身上的钱花完后，都是通过街头卖唱积攒车费，然后去下一座城市。如此，一座一座城市，然后一个一个省份，一路唱，一路走，遇见许多人，听过许多事，最凄惨的时候，是半个月卖唱下来还不够一顿晚饭钱。

那晚，我们在上海中原路的街头再一次合作，我主持，他吉他弹唱，开心无比。

我问他，这一年，这么多的心酸与委屈，你后悔吗？

他抚摸着眼前的吉他，微笑着说："不后悔。"

我想，我应该已经懂他的意思了——在最美好的芳华里，偶尔生活在别处，走最真实的路，唱最真实的歌，触摸最真实的内心，或许，这就是他抱起吉他的初衷。

3

小区楼下有一个水果摊，主人是一位小伙子，30岁出头，皮肤黝黑，为人豪爽，卖水果从不缺斤少两，厚实地道，所以，居民们都喜欢去他那里买水果。

可是，谁都知道，他之前坐过三年牢，罪名是偷窃。

出狱后的他，迷惘过，一个有案底的人，找工作到处是碰壁。最后，他向自己的舅舅借了点钱，办了一个水果摊。起初，水果摊根本没生意，因为没有人会愿意和一个偷窃犯打交道。可是，在他经营水果摊的这几年，完全换了一个人，路边遇到乞讨的人，总会慷慨施舍；小区里面年迈的老人，他会主动送货上门，随叫随到；哪家的孩子，因为没零用钱买零食，他会变戏法一般，在他们的书包里塞上一两个苹果，然后陪他们一起游戏、一起聊天……如此这些，他的口碑越来越好，水果生意也自然是越来越好。

有一次，我去他家买水果，笑着问他，为何你会改变那么大？

他笑着回答："当年，我就是因为家里穷，没人关心我，和朋友攀比虚荣，才会昧着良心去偷窃。如果，那时，有人会时不时地接济或帮助我一下，或许我就不会认识那些狐朋狗友，也就不会……刚进去的那些日子我是恨这个世界的，可后来，在狱中接受改造，我开始慢慢改变了自己。

现在我想以自己的方式，为这个世界付出一点，希望那些无助的孩子不要误入我曾经的歧途。"

听完他的话，不禁对他敬佩不已。

或许，生命中，及时悔过，不忘初衷，那才是最真实的、最透彻的、最完美的人生。

生命与聆听

1

坐在一列南下的火车上，邻座是一位盲人，大白天戴着一副墨镜，他说从一出生就不知道什么是光明，也从来不知道阳光有多灿烂，姹紫嫣红到底是什么。对面，坐着一对母子，男孩四岁半，边吃零食边咿咿呀呀着，活泼可爱。四人在火车的轰隆行驶声中，无拘束地聊着天，打发着缓慢的时光。

突然，火车驶入一条狭长的隧道，车厢里瞬间黑暗一片。可能是不适应，又或者是害怕，男孩突然大声哭了起来——"妈妈，我怕，我看不见，黑……"一旁的母亲一直在哄着他，说驶出隧道就是光明了，要勇敢之类的话，声音焦虑无比，可男孩依然哭泣着。

这时，身边的盲人说话了："孩子，别怕，来，把小手递给叔叔。"

盲人握住男孩伸出来的手，然后将其安放在自己的左心房边，说："孩子，要永远记住，黑暗并不可怕，可怕的是，你没有一颗在黑暗中聆听心灵的心。"

男孩突然安静了许多，车子终于驶出隧道，阳光重新涌入车窗，澄澈而明亮。

我悄悄望了一眼身边的盲人，他的嘴角浅浅微笑着，宛若一朵饱经沧桑的时光之花。

忽然觉得，此刻眼前的光明似乎很温暖、很珍贵。

2

清晨，一个人在公园里散步，看见四五个孩子在草坪上嬉闹追逐，而旁边却有一个女孩一个人在低头踱步，似乎在寻找什么。

我走向前，微笑着问："你好呀，几岁啦？大家都在那开心玩耍，你怎么不参与呢？"

女孩扎着两个马尾辫，抬头看了看我，灿烂地说："我今年十岁，我在聆听自己的脚步声呢。"说完，许是有些害羞，她马上跑进了人群。

可是，这样猝不及防的一句话，却让我思考许多。

现实生活中，我们都渴望湛蓝的天、远方的海和那些充满诱惑的前面宽阔的路。可是，我们是否静下心来，聆听过生命的脚步声？因为，只有静心和聆听，我们才能知道，来时的路有没有选择错误，走得是否踏实、坦然与心安。

所以，在我们抬头仰望那些名利沉浮时，更多的时候，应该学会低头沉思，聆听珍藏于心中的脚步声。这样，我们才能一路行走，一路奔跑，一路安然。

3

小时候，喜欢在一个淅沥小雨天，和爸爸一起去池塘边钓鱼。

很多的时候，钓着钓着，我就没了耐心，然后一个人跑去池塘边戏水，玩累了，坐在小板凳上，听雨滴声，看雨滴落在水面上，泛起阵阵的涟漪……

后来，慢慢长大，读书，写字，阅览人生，逐渐知道，原来，一滴平凡无奇的雨，折射着外界的人生，蕴藏着汹涌的流水声，闪烁了自然界的神奇与奥秘。原来，任何平凡卑微的事物身上，总有那么多深层的内涵与品质。

俯下身，去聆听自然，聆听它们吧，或许如此，我们能拥有更为辽阔的生命空间。

4

生命中，我们或习惯，或喜欢寻觅一些安静的时刻，来聆听。

聆听什么呢？是清晨林院里传来的鸟鸣声，是午后风掠树叶的沙沙声，还是傍晚夕阳垂暮的余晖声，抑或是午夜退却时光铅华后沉淀下来的心灵的呐喊声？其实，聆听，是一面镜子，一面自己与自己对视的镜子。透过镜子，可以遇见生命中另一个真实的自己，一个虔诚、纯真、纤尘不染的自己。

有人说，生活，是一出戏。如果时光不沉淀下来，如果你不用心去聆听，你永远都不可能与另一个未知的自己重遇。如此，哪怕生命再精彩，你也只能是芸芸在生活中的"演员"，之一。

善良自有痕迹

一

在一次文艺采风活动中，我们参观了一家陶瓷馆，里面摆满了各种精美的瓷器，琳琅满目，价格不菲。在走进烧制瓷器的工作间时，馆主拿出两件一模一样的瓷器让我们辨认，哪件是模具制作的，哪件是人工手拿制作的。模具制作比较简单，但手拿制作需要异常专注，耗时，稍有不慎或烧制裂缝，就成了废品，白忙活了。所以，手拿制作会昂贵许多。

我们所有人均观察许久，回答不出标准的答案。因为两款瓷器不论外形、大小、高度、颜色、图纹、光泽等都几乎相同，确实很难区分。这时馆主揭晓谜底，让我们用手伸进瓷器内部，沿着内壁触摸。这一摸，两者果然有显著区别——

模具制作的内壁非常光滑，而手拿制作的内壁却有一层层横纹的褶皱感。

也就是说，虽然手拿制作耗时、难度大，付出了特别多的专注与努力，但这样的努力并没有白费，一是瓷器本身昂贵，二是努力自带痕迹，这层层的褶皱便是手拿制作的痕迹。

走出陶瓷馆，我陷入思考——倘若努力自有痕迹，那么我们人世间的善良呢？是否也有痕迹？我们在付出心中的善意与温暖时，是不是也能冥冥之中收获意外的回报与厚礼？

二

邻家有一只哈巴狗，养了七八年，生过三窝小狗。但邻家主人从来没有好好照养过它，这么些年，都没有给它洗过一次澡，梳理过一次毛发，似乎是任它自生自灭。

一日午后，有三两清风，这只哈巴狗和它的两个孩子躺在弄堂里休憩，我坐在弄堂口翻阅手机。母亲从家里走出来，左手拿着一张保鲜膜，右手端着一个小碗，碗里是热气腾腾的蛋炒饭。被蛋炒饭的香味吸引，我准备起身去迎接母亲。

其实母亲的蛋炒饭根本不是给我的，她先将保鲜膜铺于地面上，然后将蛋炒饭倒上面，唤着不远处的哈巴狗和它的孩子们来吃，自己则慢慢离开，回屋。

狗妈妈和狗宝宝们吃得特别津津有味，尤其是两只小哈巴狗，仿佛用尽全部的气力去吃保鲜膜上的食物。吃完了，还一个劲地舔那保鲜膜，直到保鲜膜贴到自己的鼻子和嘴巴上为止。

我在不远处注视，忍俊不禁的同时，内心充满了丰盈与喜悦。我悄悄回家，将锅里剩余的蛋炒饭盛上，又倒在一边让它们享受与品尝。这一次，狗妈妈只是在旁边时不时注视它的孩子们，时不时看看我，摇着尾巴。

又是三两微风拂过,这个午后充满了平和与美好。

三

一日搭坐朋友的汽车从上海赶回老家,抵达老家村口的时候,已经是晚上十点多。

星空之下,夜里的村庄,特别寂静,静得可以听到时不时的虫鸣声、蛙叫声。

一个人从村口走回自己的家,原本是欣赏路边的清凉与美好,却被一声狗吠声吓了一跳,紧接着,一只、两只、三只,直至七八只狗紧紧跟在我身后,朝我不停地叫。可能我回村的次数少,这些狗不认识我,把我当作是"坏人"。在它们的围攻之下,我只好边走边回头看,生怕它们会冷不防冲上来咬我一口,而这样凶狠的狗叫声,完全扰乱了我的美好心境,只盼着早点到家。

提心吊胆之余,那只哈巴狗出现了,摇着尾巴走到我身边,然后又走到狗群之中,紧接着发生了神奇的事情,这些狗当中有三两只开始摇尾巴,叫声渐渐减少,我加快步伐,狗群散去,只有这只哈巴狗不紧不慢跟在我身后,直至我回到自己的家中。

回屋,洗好澡,躺在床上,想着这只哈巴狗的模样,心生感动。

一碗蛋炒饭,它记住了我,并于黑夜之中为我"保驾护航",让我走出恐惧和担忧。

四

清晨开车送女儿上幼儿园，路途中，女儿突然"惊声尖叫"，我吓了一跳，以为出了什么事，原来，她在车内发现一只"庞然大物"——蜘蛛。

我笑着说，没事，不就是一只蜘蛛嘛，等下到了幼儿园门口爸爸把它抓起来。

女儿却非常害怕，一直喊着立刻清理它，并从喊叫变成了命令，语气坚决。

我执拗不过她，只好趁红绿灯之际，拿出一张餐巾纸，将蜘蛛抓住。

女儿说，赶紧捏死它。我佯装很狠的样子去捏纸巾，其实是捏纸巾的封口处，中间留下足够的空间，让蜘蛛毫发无损。

从幼儿园回来，我找到一处垃圾桶，解开纸巾封口，让蜘蛛爬了出来，回归自由。将纸巾丢进垃圾桶，然后回家。

当天晚上，我特意决定陪女儿，给她讲了一只蜘蛛"死而复生"的睡前故事。让孩子将心比心，如果她是那只蜘蛛，是不是也会庆幸逃过一劫？女儿心善，之前只是想着害怕，并没有想到生命的美好。

五

每每开学第一课，我都会讲述自己亲身经历的故事，告诉学生们善良的力量，善良是最好的生活素材累积，美是最好的写作主题升华。

那日放学，学生们都已回家，一位孩子的妈妈给我打来电话，电话里非常急促，说孩子还未归家。天下着蒙蒙细雨，我赶忙跑出教室寻找，在一树底下看到一熟悉的身影。

他半撑着伞，蹲着，非常投入。我走向前，果然是我的学生，问他为何不回家，却在这里浪费时间。他没有正面回答我的问题，说："老师您看，下雨了，细细小小的雨。"

我点头。他继续说道："老师您教我们要学会善良，天下着细雨，于我们是美好的点缀，可是对于蚂蚁来说，却是巨大的灾难。我放学后不经意间看到这几只蚂蚁在搬运食物，所以，我在给它们撑伞。"

天，居然给蚂蚁们撑伞。心被柔软击中，我也蹲了下来，不再打扰孩子。

悄悄给孩子的妈妈发了微信——

再等孩子十多分钟，他在做一件对他一生都很重要，亦很伟大的事。

六

晚间读苏东坡先生的五言诗——

"钩帘归乳燕，穴牖出痴蝇。爱鼠常留饭，怜蛾不点灯。"

钩着那并未放下的门帘，是为了等待乳燕的归来。

为了爱惜飞蛾的生命，干脆灯也不点了吧。因为，飞蛾会扑火。

小时候，老人们经常会劝诫我们，不要太老实，不要心太善，那样会吃亏。

长大后，开始思考这个问题，对他人付出善意与温暖，真的会吃亏吗？

或许暂时会的，但是，人生是一条宽阔奔腾的河流，对于人这一辈子而言，善良自有痕迹，不要太过计较得失，心是善海，春暖花开！

亲吻苦痛的幸福

2014年6月17日凌晨一点，我因胃部胀痛难忍，一个人打车来到了医院急诊。

抽血、B超、拍片等后查出，因为胆结石发作引起了急性胆囊炎，胆结石程度已很严重。

持续输液、打止痛针、吃药，本以为很快就能好，可一段时间后，症状丝毫没有减弱，胃部鼓得像个皮球，坐也不是，躺也不是，人渐渐被疾病折磨得没有气力，内心开始有些惶恐起来，倒不是因为疾病，是担心自己允诺别人的讲座，会爽约。

6小时，360分钟，21600秒后，疼痛加剧，此时的自己已经被疲劳、饥饿、口渴等占据，急诊医生给出的结果是，石头堵住了胆管口，需要住院手术治疗，期间不能吃任何食物，包括喝水。

住院，父亲从乡下风尘仆仆赶过来看望我，或许是他从家里出来得匆忙，田间劳作的衣服都未更换，手拎一蛇皮袋，穿着那条缝补过多处的裤子，一双陈旧的拖鞋上面还沾满泥巴。

见到我，他没说话，只是把袋子放置床边，从里面拿出牙膏、牙刷、毛巾、更换衣服等，我知道，他是打算留下来照顾我。可我不想让他看到我的虚弱，于是，尝试微笑从床上坐起，假装若无其事，说自己很好，让他看到了就可以回去了，家里还有农活要忙。

一向本分内敛的他，居然说出了一句话，天塌下来你也是我儿子，农活哪有儿子身体重要，好好躺着，等你康复了，家里的稻谷也就成熟了。

手术前一晚，已连续疼痛了50多个小时，其间未进食，滴水未沾，脸色已然很苍白，口干舌燥，晚上根本无法入睡，经常被痛醒，而父亲没日没夜照顾我多天，也已很是疲劳，多番劝说父亲去睡，他话不多，只是一句没事，仍苦撑着照看我。

我开始假装熟睡，父亲见我睡着后，就从外面搬进来一把椅子，椅身靠墙，这样他的头部也可以往后躺，有个依靠。显然，他不敢熟睡，怕耽误了照顾我，怕夜间我需要上厕所，自己无法起身。

渐渐地，父亲的鼾声开始响起，那小时候我极具讨厌的鼾声，只要他一打呼噜，我就会用棉花去堵他的鼻孔，父亲醒后，很生气，做打我状……

此刻，听到他的鼾声，我觉得自己多么幸福，因为我终于可以看到自己心疼的人休息了，悬着的心也就放下来，所以，我尽可能地不出声，小心翼翼。

看着不远处父亲蜷缩在一起的身子，内心感慨万千——如果，生命只剩下疼痛、折磨、无奈和反复的黑暗，无法吃喝，也无法翻身，甚至，腰处因为躺的时间太久了，都已经失去知觉，似乎自己都成了废人，那么，还继续活下去，有什么意思呢？不是拖累别人，增加亲人的负担？如此想着，不知不觉中，泪水滑满脸颊，哽咽了一声。

这一声，把父亲惊醒了，像受了惊，又觉得自己是犯了错的孩子，赶忙起身来到我的床边，问我怎么了。我故意张了张大嘴，说，没事，可能是睡太熟了。于是，赶紧闭眼。心里想，这位老实巴交的、从未出过远门的父亲，居然有如此细腻的情感。

手术很顺利，身体恢复得很快，终于可以喝水，喝米粥，可以自己下床活动。当我喝到那一口久违的水，喝到那一小碗清香的米粥，在窗边感受到那一缕温暖的阳光时，突然觉得，生命如此美好，为何以前，从未珍惜和感恩过？为何，一定要等到那些平凡东西的失去，才觉得一切多么重要和无法弥补？

出院，一一谢过照顾过我的护士和医生，回到农村老家养身体。

一回来，村上前前后后的邻居都来关心慰问，高龄的爷爷奶奶也蹒跚走来向我倾诉，说几天几夜都没睡，现在看到我出院就放心了，还有住院期间前来探望我的亲戚朋友等，似乎一场疾病，成了我与他们之间的情感维系纽带。因为平时，我都待在上海，很少回老家，回了也是匆匆就离开了……

是啊，有家真好。

或许，家的意义，就在于迷惘失落的时候，有一个心灵寄托和身体栖息的地方。

漫步于田间的小路上，看到路边一群蜜蜂正围着一处不知名的花丛飞舞，我突然想起曾经给学生们讲过的作文课——一朵花，要想拥抱蓝天、白云、邂逅温暖的阳光，感受到自然里鸟语花香、姹紫嫣红的一切，必须要突破那黑暗、潮湿、寂寥的土壤，在黑暗之中磨炼、累积，接受苦痛，孕育生命的契机。

是的，对于一朵花的艳丽与娇美而言，它身下的朴素泥土是同样重要和脱俗的。

我走向前，俯身，注视这样静好的一切，回想一个多星期来的住院时光，点点滴滴的细节、感悟和那些悄然滋长的情愫，在一阵风的恍惚中，我似乎瞬间明了：生命中的千言万语，其实可以归纳为一句——有些路途你要历经，有些苦痛你要熬过，有些微茫的幸福，你要，一生感恩并隽永铭记！

黄昏，我和文字有场约会

黄昏。残阳。

身后是沉默的山峦，凉风习习，偶有几只不知名的鸟，嘶鸣一声，划过寂静的苍穹。

在这暮春的季节里，内心总有一些难以言表的忧伤的情愫，是对苍茫岁月的惶恐不安？还是对年少虚荣的隐忍与追悔？抑或是对浮浮沉沉的日复一日式的机械生活的不满和埋怨？

在黄昏里，在金黄色的阳光下，我不得而知。

于是，在恍惚之中，我想做一座山，任凭岁月蹉跎数十载，岿然不动，沉淀生命，见证那属于自己的传奇；于是，我想做一棵树，永远都没有悲欢的姿势，非常沉默，非常骄傲，在风雨之中，站成永恒；于是，我想做一朵花，春去花凋敝，纵使无人呈欢和采摘，盛放的心，永不言弃，春去春又来，花谢花依然再开。

你看，那山，一边是侵蚀，一边是饱经风霜；你看，那树，一边是磨砺，一边是沉默不语；你看，那花，一边是凋零，一边是不断盛放。那么，我呢？那心心念念着美好生活的我们呢？我们有在风雨与坎坷之中如那山、那树、那水一样，用时光的音符，谱写一曲属于自己的生命之歌吗？看吧，我们一边忙碌着追求幸福，一边却是惶恐着路程的崎岖与遥远；一边呼吁澄澈的心灵，一切却过着纸醉金迷的生活，名利、浮华与欲望等，充斥一身；一边是赢得满满的鲜花和掌声，一边却是在夜深人静时，安抚自己那颗孤独与寂寞的心。

那么，我们到底该如何办？才能让自己的心灵达到真正意义上的丰盈；才能听得花开之音，赏得花落之美；才能在荒芜时光之中，保持一颗朝圣者的心，大智、大悲呢？

依稀记得，十六岁那年，在黄昏时分，一个人背上一个旅行包，搭了一辆去远方的车，匆匆忙地出门了。没有终点，没有目的地，有的只是随遇而喜，随遇而安，心中承载着三毛的梦。那是我生命中最值得骄傲的一场旅行，有陶渊明"采菊东篱下，悠然见南山"般的恬淡与瑕美；有鲁迅先生的"花开花落两由之"般的豁达与淡然。可是，毕竟是少年不识愁滋味，薄暮青衫，红尘之烦扰又能知多少呢？后来的后来，我便成了忙碌生活中的个体，不论做什么，总有那么多寻扯不断的牵绊系着。于是，曾经万千般的憧憬与澎湃在心中的追逐情愫，便也成了岁月的祭奠品。

偶然，遇见一位老者，在沉默的山峦里。他坐在石阶凳上，两袖清风，面容祥和，手捧一泛黄图书，阅读。本是不经然的路过，却在我一个瞥眼的瞬间，震惊了——他是一位盲人。原来，这书是老人小时候父亲给他买的，一辈子，两人在这座深山里，相依为命。那一年的一次森林灾害，父亲不幸离去，而他再也看不见光明，黑暗侵袭。他看书，是在思念，更是缅怀，是在用手触摸曾经儿时的笔记，那里面，有父亲温暖的微笑……

多感人的故事，多可敬的老人。交流过后，向他深深鞠一躬，离去。这样美丽的黄昏，我是不是也应该如老人一般，去邂逅一场关于文字的演出呢？那里面，浅浅碎碎，会有我们曾经清澄的模样，会有阳光、雨露、薄暮与青春，会和另一个未知的自己重合，更会在深情满满的阅读中，洗涤尘埃。退却时光铅华后的你，更质朴、更睿智、更慈悲。

一切，因为懂得，所以宽容；因为懂得，所以豁达；因为懂得，所以慈悲。

是为知天而命。

那么，别犹豫，在黄昏，心里充盈着欢喜与感恩，搭一辆车，去远方吧，去和文字来场华丽丽的约会。

蝉鸣人生

屋外有棵梧桐树，约有十年沧桑，长得高大挺拔，枝丫越过屋檐，伸向高空。浓密的叶片一簇紧挨着一簇，欣欣然，给窗台前投下一片浓荫。

每天天微亮，便会有老人摇着蒲扇坐于树下休憩、聊天，偶尔也会下下棋，自得其乐。而我也总喜欢在清晨的时候沏上一杯铁观音，倚在窗台前看书，看得倦了，就俨然孩子一般耷拉着脑袋听悦耳的鸟鸣声，看夏日里那绿意盎然的梧桐叶，或时不时抬头仰望那湛蓝的天、洁白的云，对这一切赏心悦目的景致，欢喜不已。

可是，某一日倏然响起的蝉鸣声，让这样的清雅美好消失殆尽。那蝉鸣声，如木锯声，又如撕扯声，还如婴孩的哭泣声，不堪入耳。它们白天不停地鸣叫，晚上又不停地嘶吼，如同思绪剪不断理还乱的怨妇一般，没日没夜地"埋怨"。如此，夏季的炎热似乎突兀降至，我也失了那读书写字、听风赏雨的雅致，烦闷不已。这嘈杂无比的蝉鸣声，如同强挤于眼中的细沙一般，着实让人难以忍受。

偶有淘气的小孩，会爬上梧桐树，越过交错的枝丫，伸手去抓那"丑陋"的蝉。当小孩抓住它的那一刻，蝉鸣至极，而我却在窗台前有种窃喜的感觉，心念着将它们全部捉光才好。

其间，出了趟远差，归来时，已入秋。原本是因长途奔波已近疲劳的我，躺于床上却毫无睡意，起床看书又看不进，总觉得似乎缺少些什么，困惑不解。安寂之中，屋外响起了蝉鸣声，这声音如一段久违的旋律，亲切感人。于是明了，是许久没有听到蝉鸣声的缘故。我忽然想起了唐朝虞世南的《蝉》——"垂緌饮清露，流响出疏桐。居高声自远，非是藉秋风。"想起了李商隐眼中的蝉——"本以高难饱，徒劳恨费声。五更疏欲断，一树碧无情。"想起了王籍的"蝉噪林逾静，鸟鸣山更幽"等。

原来，那小小的蝉居然是无数文人墨客用以吟诗作词，自喻清高或生活困乏的载体，是古诗人眼里的极致，想到昔日自己对其偏陋之观，顿觉惭愧。再仔细聆听蝉鸣声，它已不像当初那般有力、铿锵，而是如寒风中的微火一般幽弱。我这才恍悟，这蝉的生命周期原本就不长，或许再过些日子我就再也听不见蝉鸣声。想必，它们拼力嘶鸣，是想在其短暂的生命里完美地演绎自己吧。而我们的人生，不也是时光中的惊鸿一瞥，匆匆而又短暂吗？

想于此，我闭上眼睛全心倾听那蝉鸣之声，顿觉这是人生中的另一天籁。

改变人生的四句箴言

静心是一种修为

世事纷繁，各种诱惑遍地便是。倘若一个人纸醉金迷，被花红柳绿吞没，那他很快会如行尸走肉一般，迷失自我。道家有说："水静犹明而况精神，圣人之心静乎。"安静的水，明亮清澈，可照见世间山川万物，而人亦是，内心静然了，便能找到和保持一个真实的自我，实现自我价值。有一故事，说一木匠在干活时不小心将手表弄丢了，地上满是刨花，徒弟们和他找了半天都未找到，只好作罢，相约一起出门吃晚饭。可等晚饭吃好回来时，他的小儿子已经帮他找到手表，他当时心想，这么多人都未找到，儿子是怎么找到的？儿子说，等你们这些闹哄哄的大人们走后，我就一个人安静地坐那听指针的走动声，不一会儿，嘀嗒嘀嗒的声音响起，我便顺着声音找到了它。

生活中，我们的心灵若是被欲望名利等灰尘蒙上，再富有的生活也是贫瘠，如镜中花、水中月，形同虚设。静心是一种修为，安静了，才能听得生命中的花开花落，看得天外云卷云舒，赏得人间惠风惠雨。

弯腰是一种智慧

在加拿大魁北克山麓，有一条南北走向的山谷，山谷西坡长满松柏、杉树等，东坡却只有雪松。原来，由于风向问题，每次漫天大雪时，东坡的雪总比西坡的雪下得大而密。所以，西坡植被茂盛，而东坡其他植被都被大雪压死折断，唯独雪松不倒。每到雪积压到一定程度时，它那富有弹性的枝杈就会弯曲，让雪滑落下来。无论雪下得再大，也完好无损。

人的一生，肯定会遭遇各种挫折与挑战，莫大的压力会让你喘不过气。可是，只有真正懂得适时弯腰的人才能得以克服危机，赢得胜利。这不是懦弱，也不是没骨气，而是一种大智慧。强干、蛮干，只会带来不可必要的损失。当人生风雨来临时，我们应拥有雪松的"弯曲"智慧，笑着面对，坦然接受。如此，阳光与温暖自会一直垂青于你。

欢喜是一份自然

很多人，一碰上不顺心的事，就忧郁不堪；或者因一件小事而和别人大吵一架；再或是遭遇什么打击就心生悲念，颓废不已。"心生则种种法生，心灭则种种法灭。"世界上没有绝对的好事与坏事，没有绝对的好人与坏人，更没有绝对的幸福与苦难。只要你时怀欢喜心，看人待事随缘意，不刻意不强求，心怀感恩，宽容待人；面临困境，不悲观不放弃；取得佳绩，不骄傲不浮躁。那么，事事都欢喜，人人皆如佛，这就是人生最大的幸福。

悟性是一种必须

一个人，最重要的是学识；但比学识更重要的是经历；而比经历更重要的，便是悟性。

一个人，满腹经纶，学高八斗，但毫无社会阅历，没经过任何风雨磨砺，那么，他就只能是纸上谈兵；而一个人经历再多，比如在一个地方反复摔倒，可是如果他没有悟性，不去总结摔倒的原因，那么下一次他还是会摔倒。所以，悟性于人而言非常重要。有的人读书，厚厚一本一天时间读完，刚读完，还记得点什么，可过一段时间，全然忘光，等于白读。而有的人，却读活书，认真读，细细品，钻到文字中去，把自己当成原文作者，去理解他的情感、思路与观点等，读完后，反复比较揣摩，将其精华吸收，并转化为自己的，存放于脑海中。如此，等到需要时，便可信手拈来，出口非凡。

一个有悟性的人，好比一块时刻准备好的海绵，只要一接触到知识、养料和水分，便会吸为己有，加工储藏。平日多思、多学、多观察，让悟性成为生命中的一种必须。如此，你就是一个不可复制的人才。

第四辑

春夏秋冬，清淡欢喜

世间美有种种——有南唐李煜的「寂寞梧桐深院锁清秋」、鲁迅先生的「花开花落两由之」、蒋捷的「流光容易把人抛，红了樱桃，绿了芭蕉」，还有李商隐的「曾醒惊眠闻雨过，不知迷路为花开」等。

但于我而言，世间种种之美，都不如面对困难，自己始终如一的内求——花开何须等春来，折一春色藏心房。

折一春色藏心房

  2008年刚开始写作，心心念念想成为一名作家，连续三个月每日辛勤写作、投稿，写了十多万字，一篇文章未发表，一分稿费未拿到，内心焦虑、沮丧。四处电话求人开导，可他人的鼓励无论如何都走不进内心。

  我知道，自己焦急地渴望收获写作的回报。

  躲避，藏于山中生活，想与世隔绝。

  山居，前面几天还无所适从，可是山里的清新空气，生活的缓慢、宁静与朴素，让自己少了很多埋怨，开始慢慢放下。每日的朋友就是花草树木、虫蚁鸟兽，有的是闲暇时间。会蹲下来和一朵花对视好久；会与一只蚂蚁悄悄对话，诉说心事；会远望延绵起伏的山峦，近处看一只蜘蛛用一个下午的时间，织网、捕食，或欣赏一只蜗牛的怡然自得。

  一日清晨，下了一场雨，雨后的空气特别清新，微凉，穿件薄长袖恰好，在山间行走，神清气爽。倏然想起，屋檐下面的那只蜘蛛，以及它花了一个下午织好的网，赶至观看，它们已在这场风雨里荡然无存。殊不知，这些日子，蜘蛛俨然成了我生命中不可或缺的朋友。

前一刻因为下雨，还是多好的喜悦，这一秒便因为蜘蛛的消失而难过不已。

内心茫然，人生是一种因果，我们无法决定好与不好的出现，只能学着接受。

整个下午，都过得浑浑噩噩，仿佛失去了珍贵的东西，书也看不进去。

傍晚时分，我想出门去看看夕阳余晖，推门抬头的瞬间，瞥眼见到屋檐下那只久违了的蜘蛛——它正聚精会神地一根一根吐丝，再次慢慢织网。

它"死而复生"啦，并没有被风雨击垮，这让我喜出望外，像迷路的孩子重新找到了回家的路。

一场风雨，一次困境，让这只蜘蛛变得更加聪慧、坚韧，风雨中依旧织网、捕食。

而风雨让我明白，美或不美都是一种恰到好处的遇见，是一种时间的成全。

是的，这便是心灵智慧的成全——如蜘蛛一般，面对困难，求助自己，喜悦美好，坚持追寻自己的梦想。那么，风雨困难将是人生成就的奠基。

于是，十年如一日坚持写作，面对困难，始终不忘求助自己，求助内心的丰盈与澄澈，才有了今天的写作成绩，越来越多的读者喜欢我的作品，我感恩这些沉淀。

有人说，世间美有种种——有南唐李煜的"寂寞梧桐深院锁清秋"、鲁迅先生的"花开花落两由之"、蒋捷的"流光容易把人抛，红了樱桃，绿了芭蕉"，还有李商隐的"曾醒惊眠闻雨过，不知迷路为花开"等。

但于我而言，世间种种之美，都不如面对困难，自己始终如一的内求——花开何须等春来，折一春色藏心房。

早　春

　　我蓄积了所有温暖来抵挡凛冽的寒风。当它呼啸着掠过我的发迹，穿过我无法并拢的手指，侵入衣领的缝隙灌进我的身体，那一片关于春的渴望便在我心里疯长开来。

　　太阳悬挂在南国的山头。站在明晃晃的日光下，仍不得不裹上一件厚实的棉衣。这样寒热交杂的景致中，我终于热切而又迫不及待地爱上了冬晨暖阳。风从道路两旁的尽头奔来，如同脱缰的野马。树上已经没了叶片，鸟儿亦消泯了踪影。

　　我赶着寒风继续忙碌，混在汹涌变幻的人流里。城市的冬依旧有着彻骨的凉意。它总是那么倔强，从我一无所知浑浑噩噩地来到这个世间，从我能在大脑中刻下关于季节的短暂回忆，从我在北方见到第一场气势恢宏铺天盖地的大雪，它就有了这样的本性。

　　它从来不会轻易退出一月的舞场。不管路上是否有川流不息的车辆，不管深巷中是否有蜷缩着瑟瑟发抖的流浪者，不管孩童的双脸是否通红，它都会一如既往地流淌在城市的每个角落。它在属于自己的时间里倔强，任性，乖张。

这是我每周末必经的小路。小路的尽头，是一群热爱音乐的朋友。他们在公园的凉亭里弹唱说笑，大雨不改。冬天的公园安静极了，凉亭里时断时续的音乐像绡纱一般，随风飘至极远极远的地方。

老头们唱的是一首低沉悲咽的春怨词。我立在凉亭的左侧，笑了。这隆冬还未退去，这春怨倒先伤了人情。唱歌的老头抬起脸，眯眼指着东方的一片竹林说，看，那是什么？

我顺势望去，在竹林前方的顽石旁，一枝鹅黄的迎春花颤巍巍地摇摆于月末的风中。在安静而又喧哗的城市中，它像一名宁死不屈的信使，向路人汇报了关于春的消息。

春来了，春来了。我忽然想起儿时唱过的童谣，想起很多年前那一束摇曳在泪光中的迎春花。南国的冬天，因为它们，多了几许挺拔的俊秀与生气。

归来的途中，我一直念着那簇在顽石旁舒展的黄花。风从我的发迹掠过，灌进我奔跑的身躯，可我已不再惧怕寒冷。

因为那一抹坚强的鹅黄，预示了又一个春天的临近。

冬的等待

每逢冬来，一位蓄着络腮胡的文友便会从北方赶来看我。兴许是常年在外，不畏世俗的缘故，他言行间总弥散着一股让人沉醉的洒脱。

我时常觉得，年过四十的男人，若还能保持少年的不羁与轻狂，那么，即便他一无所成，也值得让我由衷敬佩。想想，多年奔波劳碌，利欲熏心的观念不曾让他卑躬屈膝，无数艰难坎坷，圆滑世故的手段不曾将他改动分毫，这样的坚定与一身正气，还不足以让人叹服吗？

他便是这样的人。浓眉上的岁月皱褶，丝毫没能消减他内在的锐气。他不喜欢将繁杂的群体称为"社会"，与之相比，似乎它更钟情于"江湖"二字。

江湖多好，江湖有风沙。也因这二字，风尘仆仆，岁月如斯。

我多愿像他那样，常年云游四海，用有限的人生看尽无限的湖海日落，沟涧山川。但我命中似乎就不曾拥有这份超然脱俗的心境，可以顿悟一切红尘因果，看破纷扰三界的情仇爱恨，了无牵挂地折花在手，踏江而去。

他每每总是携着风雪赶来。于是，我便时刻问他，想必你是落队的孤鸿吧？深惧严寒才奔到南国此地。可南国，也不是没雪的啊。

我喜欢他的到来。他像一名身怀绝技却又初入江湖的侠士，总能在平凡的人潮中点起一阵欢呼。他也像一场早来的雪，擦亮了我的眼睛。

清晨，他催促我早起爬山，在混沌朦胧的天地间，接受第一缕阳光的洗礼；中午，他拉我去小镇的集市热闹，和皮肤黝黑、声如洪钟的汉子们交谈，肆无忌惮地说着无恶意的粗话；傍晚，他在跳跃的篝火前细述这一年故事中的峰回路转，柳暗花明。

篝火使我恍然变得年轻，烈酒让我显露本性。我摘下眼镜，站起身来，亮着嗓子唱一曲遗忘的山歌，伸开手臂挥舞出自由的姿态。我爱慕此刻的我，我多愿此刻的一切永恒。因为此刻，不仅让我拥有了年轻时的狂野，更使我再度变得勇敢、浪漫，无畏荆棘。

去年他不曾前来看我，而去年，亦不曾落过雪花。于是，我便惊疑，他难道是雪的精灵？我一直在冬天里等待。我多希望某个清晨能听到粗犷的声音，随他去经历一个无拘无束、焕然一新的世界。

我愿在今后的冬天里等待。这个心照不宣的约定，时常让我在凛冽的风中热血澎湃。我渴望他的出现，但我更渴望自己能变得坦然真实，心存正气。

初秋，一瓣落叶的告别

黄昏，像一首老歌，或是一本泛黄的旧书，透着饱满与沧桑。

一个人坐在院子里，品着刚刚泡好的普洱，注视远方的一场浓烈的日落。风些许，轻柔着往脸上吹，恍惚中，一瓣落叶惊入我的视线，像蝴蝶，又似小小帆船，慢慢摇曳着滑落，沉寂于地面上，没有言语。

我拾起这瓣落叶，经络分明，黑色的斑点雀跃在黄色的叶面上，锯齿状的每一个小小缺口，像极了手工艺术品，天然之中，有着岁月里的记录与痕迹。

原本想随手抛弃，脑海中却突然浮现台湾作家张晓风的一篇散文的名字——《曾是今春看花人》，春季风雨之下，她曾和一位陌生的女孩共同撑伞并肩在鱼木树下赏白色之花，虽都是花下过客，却都为一树华美芳郁而震慑而俯首，多好。

如此，我便开始思索与这瓣落叶的连接，是不是也曾在某个春季，当它还是绿意盎然的时候，我站在这棵不知名的树旁边时，在众多的树叶之中，我们曾彼此注视过，它记住了我，而我却忘记了它？如果是，它随着风飘落至我身边，为的是一声轻唤、一声告别。

一眼即过的情谊，此时是如此珍贵。

我想起来了，在那个似曾相识的午后，我和七岁的女儿一起观察这棵树，尝试着写诗歌，然后朗读。或许，在那时，我们便相遇了。我的世界，有树叶、院子、飞鸟，还有无边际的苍穹，而它或许，在风吹簌簌时，记住了一位慈爱的父亲和一位纯真的孩童"诗人"。

我想起来了，那日母亲在厨房烧菜时，喊着我去院子里为她摘几个朝天椒。我欢喜着挑选半绿半红的颜色，这样炒菜可以更入味。起身时，碰到了头顶的树枝，叶子们像受了惊吓，蹦跳凌乱着。我用手去抚摸，然后微笑离开。或许，这个极其短暂的微笑，却记在了它的心间。

我想起来了，我曾拿着手提电脑，坐在秋千上安静写作。耳畔的风是伴奏的音乐，而随风起舞的绿色叶面，便是我偶尔疲倦时欣赏的风景。或许，我在树旁写作，时间用分针与秒针，在某个瞬间，将我与这瓣树叶串接一起，得未曾有。

原来，这漠不经然的一瓣枯叶，竟与我有着很多次的遇见与重合，若叶如芸芸众生，那么，世间万物都与我们有着莫大的殊缘，是我们生命的一部分，见落叶，见众生，见自己，见岁月与风雨之洗礼！

初　夏

倚在小雨的窗前，看着全然绽落的月季，我时常会自问一个奇怪的问题，并为此心生纠结。初夏到底从何处前来？

阳光虽也炙热，但清晨的小雨依旧挂在房檐，滴滴答答，像墙上的钟摆。这悄无声息的夏天，是随春末的小雨而来的吗？它像一场场季节更替的预告，在自然的礼堂上轰然有声。

我追寻小雨的足迹，却见不到夏天的半点踪影。在这万物勃发的时刻里，炎热的夏天似乎也存有一丝慈悲，它从不赶在春天的前面，从不打乱每一场春雨，更不会无故摧残一朵含苞待放的花蕾。它永远以一种卑微的姿态到来。

那么，它是何时到来的呢？

当我睡在夜幕笼罩的星辰下，它就马不停蹄地赶来了吗？我想不是，倘若真是那样，我一定会因温度的骤变而有所惊觉，而我墙上的日历也会向我透露一些亘古不变的信息。它是躲在花间的馥郁吗？待花蕾落尽，它便无处可藏地显露了身形？我想也不是，在这匆匆的无休止的雨丝里，灰尘都已消失殆尽，它又怎能安生？

于是，我找不到夏天到来的准确时机。似乎，印象中有那么一个清晨，阳光尤其刺眼，穿过竹叶的缝隙，点亮我的眼睑。我从回忆里慢慢搜寻，极力取证，初夏是不是光的羽翼？只有这样，我才不会觉察到它的到来。因为，我无法正视天上的太阳，也不能没有光明。因此，每一寸阳光到来时，我都必须低着头，以一种谦卑的态度来迎接它。兴许这诱人的初夏，就是在我低头的一刹那散落人间的。

可这也无法将我说服。倘若它真是光的羽翼，那为何我在后来的光里见不到它的踪影？又为何在那一个清晨，我不曾用敏锐的知觉来点破它的匿藏之所？

院里的翠竹逐日攀升，我依旧从鸟声里醒来。只是，身上的被子越发使我觉得炎热。于是，我又禁不住揣测，夏天是不是一种空气？它虽与春天里的气息有所不同，但的的确确可以相融。因此，它可以在这无形的世界里，慢慢地进来，慢慢地扩展自己的边界，直到有一天，它越过我的头颅，擦过我的身体发肤，我才能从湿腻的汗中觉察到它的到来。

我想不是，倘若真是这样的话，那么，当它到来，而又不曾越过我的院子时，外面的世界一定是另外一番景象。可为何，它会与我周遭的事物这般相同呢？

如果你记得，你一定不会否认，在你幼时的记忆里，有过一片碧草如茵的景象，而母亲生怕你摔倒，一直在身后默默跟随着你前行的步伐，不论你如何吵闹，犯下怎样的过错，她都不会忽然抛开你，离你而去。因此，我有理由相信，春天，就是初夏的孩子。

初夏像你的母亲一样，一直默默跟随在春天的背后，看你用调皮的双手点亮途中的每一朵花，并教你如何将荒芜的山谷染成一幅绿色的画。

冬来了

冬天到底是洋洋洒洒地来了。深秋的薄云，似乎还来不及全然退去，汹涌的雪花便铺天盖地席卷了整个城市。

城市越发静默得像一名处子。清早小贩的呼喊变得颤抖而沙哑，混在呼啸的北风中，变得短暂而又意味深长。我时常会拉开厚重的幕帘往窗下望去。

白雪覆盖了整个城市。雪像一层厚实的纱帘、一张细密的蛛网，罗困了城市里的千诸百象。车流不再如织。那些一面呵气、一面奋力搓着双手的行人，忽然开始眷恋家的温暖。这时候，家成了一炉跳跃的火，一碗热气腾腾的面汤，一壶滚着烈意的白酒。

城市忽然陷入了一种更深层次的温暖。不管是在哪个季节，我从来没有这般渴望过，我是那么需要一双手、一张笑脸，以及一盏泛着橘黄柔光的小灯。灯下，兴许是我的孩子和他未写完的作业，兴许是一件捏在妻子手中的褶皱的还未熨平的衬衫，更或者，是我白发苍苍双眼浑浊的老母亲。只有在寒冷的冬日，他们才会成为我心中的一幅画、一声寄语、一丝落在人生漫长航线里的幽光。

只有在冬天，我们才懂得如何相爱。我放下一切忙碌的理由，笨拙地站在厨房门口，等候妻子的命令。我和孩子成了无话不谈的好朋友，这是我第一次和颜悦色地向他讲解人生的道理，也是我第一次沉睡在他的床头。他把唯一的枕头给了我。而他，则面露微笑地安躺在我的怀抱里。妻子沉默着，不知何时为我掖紧了棉被。

这样平淡如水的幸福，常常让醒来的我心生感动。我趁着黎明的曙光，伏在窗前，为远方的朋友拍一张简单的生活照，而后夹在沉甸甸的信件里，飘扬过去。

门前，一位体态臃肿的妇人在刺啦刺啦地扫着积雪。我开门便碰上了她。这种陌生而又熟悉的问候，点亮了冬日的每一双眼睛。有越来越多的人加入扫雪的行列中去。他们佝偻着背，站在茫茫的城市一角里，吐着细长的白气，说着悠闲的话语。他们的目光像冰溜子一般清澈。

不知哪位少年又将"瑞雪兆丰年"这句谚语写进了作文里。于是，一些关于乡村、生命、庄稼和春的絮语，便深刻而又悄无声息地融在了每一场白雪的记忆里。

山野之秋

秋是一阵色泽金黄的凉风。它把触摸过的树叶染成了凋零，把喜爱的花朵珍藏为枯萎。当然，它也把此刻的稻田，镀上一颗颗饱满的麦穗。

山野上吹响了丰收的号角。成群的小鸟从山林中急急赶来，分享从农人指缝中滑落的麦穗。它们欢叫着、喜悦着，从东至西，从南至北。

于是，湛蓝的天际上，便恍然有一串又一串密集的乌云。天空犹如一面静止的布，映衬着它们扑扇的翅膀。偶然，有掉落的羽毛，缓缓地，缓缓地从那深蓝的布块中脱离出来。汇入金秋的风中，汇入山野的血脉里。

农人弯着结实的腰，手中握着锋利的镰刀，还未等那些麦穗喘息，便一把将它们割刈了去。秋风又从不知名的角落里蹿了出来，安抚着大地上的笑语和哭泣。农人额上闪满了晶莹的汗珠。细细观望，似乎那汗珠，也透露着深浓的金黄。

几只肥壮的大狗越过木门，冲进了空旷的山野。山野中，有它们渴望的自由，也有它们难以割舍的主人。它们在山野中极目搜寻，试图找到晚归的主人。

山野的那头，俨然升起了袅袅炊烟。有顶着头巾的母亲，倚在门槛上高喊孩子的乳名。不到片刻，那孩子便从那头的路上，奔进了田野。他们或是送饭，或是寻找自己的父亲。

飞鸟又从昏黄的天际中徐徐坠落。农人赶着牛车，陆续走在黄沙滚滚的山路上，前后笑谈今年的收成，以及陈年的往事。秋风从树叶中探出头来，想要偷听他们的话语。殊不料，那些凋零的叶片，竟在瞬间暴露了它们的踪影。

黄昏将至。山野似乎又要归于一种周而复始的宁静。稻穗依旧立在茫茫的田野中，飞鸟依旧潜伏在枝头，秋风，也依旧居无定所。

幸好，还有那些调皮的孩子。他们从裤兜里摸索出一支树杈做成的橡皮枪，对着忘乎所以的鸟群，飞射而去。此刻的飞鸟，原本以为自己丰收了人类的果实，却不知自己将要被人类以一种游戏的模式，收割为另一种更为丰硕的果实。

秋风又次第漫过了山野。它们坐上高高的谷堆，聆听岁月的脚步，和那些前来丰收季节的声音。

一米时光

秋日的午后，一个人在家看书，快递员敲响了房门，是摄影师朋友寄赠来的三张相片。

第一张是两棵树。一座偌大寂静的院子，它们兀自并列长在一处，像红尘里的独处者，只是留恋着自己的天地，无关风花和雪月，简单明媚。叶子开始些许泛黄，有一两瓣被镜头定格在飘落的空中，如同一只等待着重生的蝴蝶，丝毫没有感伤与失落。看着这两棵树，我想起了舒婷的《致橡树》——"我们分担寒潮、风雷、霹雳；我们共享雾霭、流岚、虹霓。仿佛永远分离，却又终身相依。"

第二张是一口布满沧桑的井。灰色的风格，泥土与石头最初的颜色，朴素，旧时光。它应该已有很多年的历史，有过曾经被大家所需要的辉煌，像整个村庄故事衍变的见证者，每天一成不变地守望着日出、日落，历经风雨、雷电以及晴朗时刻的分外澄明。如果可以比喻，我更喜欢把这口井比作智慧的老者，刀刻般的皱纹，岁月侵袭，它却偏于一隅，注视着来来往往的过客，不染风尘，微微而笑。

第三张是一堵被遗弃的断墙。藤蔓爬满了墙身，有不知名的野花在开，这里一丛，那里一簇，在微风里惊艳着，舞动着。墙角有碎砖块，七零八落，跌跌撞撞。村庄遗弃了它，过往的行人遗弃了它，又患漫漫雨季。可这个世间很多事情难以言表，当黄昏和黑夜来临时刻，就有这样一根藤蔓悄悄爬到它身上，欢欢欣，扭扭腰，决定落户。继而是一丛、一片、一面墙，像匠人们的工艺作品。

欣赏完照片，短信向朋友传达谢意时，朋友却让我给它们取一名字。因为它们三者有一个共同点——两棵树的距离是一米，这口井的直径是一米，墙高是一米。一米，在这个短暂的瞬间，这个名词，让我惊呼落泪，因为我的脑海中闪烁出一个词——"一米时光"。

是的，我喜欢这些景致本身所蕴含的故事版本，更何况可以用"一米时光"来称谓和还原、勾勒、表达它们。就叫"一米时光"吧，一直在飞跃流淌的时光里，却永远折射着不变的情怀与初衷，任凭反复、更改、洗涤、消失与磨砺，这是一种心灵深处的抵达与力量。

我爱这两棵树、这口井、这堵墙，爱一米时光，爱这个很快要逝去的秋天！

自然与人情

前些天看一篇科学报道，颇有感触。原来孕妇的妊娠反应，是生命出于本能的自我保护所造成。

婴儿在母体的头三个月，是极其脆弱的，为了保护自己可以在最大程度上健康存活，婴儿在面对油腻荤腥和食品添加剂等化学原料时，总会做出特别激烈的对抗反应，使这些食物尽可能在消化前从母体吐出。

那婴儿喜欢什么呢？很简单，喜欢来自天然的蔬菜瓜果。

生命最本真的状态，原来就是喜欢自然的。

但走到今天，不难发现，我们正在和自然越走越远。一切都来得太快，我们也习惯了快，以至于我们根本不能忍受任何慢节奏的生活。

为了使这样的快节奏更快些，我们做出了很多调整——扩宽机动车道；打通地下隧道，让地铁可以四通八达；手机从不离手，微信陌陌样样精通；建立大棚蔬菜基地，让所有植物可以更快生长……

以前，我们要会一个朋友，总要做足功夫。家里种了什么粮食，结了什么果子，得提着点去，让人家尝尝，分享这份来自天然的人情。今天，我们不必再如此麻烦了，想见谁了，不管他人在哪里，一个电话，一个视频，几分钟就可以解决问题。过程是省了，朋友也多了，可那份令人怀念的人情味，却淡了。

这个时代的一切都快了，便捷了，按理来说，我们应该有大把的空闲时间了，可事实上，我们却越来越忙。如此说来，便捷并没有为我们省下时间，相反，正在让我们远离自然。

曾经我反驳这个结论。但一个朋友的问题，使我顿时面红耳赤。楼房那么高，有多久没去天台上看过星星了？交通那么方便，有多久没去山上好好走走了？电话那么方便，有多久没有好好跟父母谈谈心了？

是啊，我们住在高楼里，却从来没有站在高楼上看过星星；我们天天坐车，却很少想着要去郊外看一看自然的风景；我们天天在用手机，可除了刷微博看微信联系客户之外，究竟还有多少挂念可以分给家人和真正的朋友？

我们已经被这样的快节奏磨得麻木不仁。同样的场景，同样的故事，在现实里，我们总是心存戒备，小心翼翼，担心这个是骗子那个是托，可一旦隔着电视屏幕，我们却变得特别容易被感动，还经常哭得稀里哗啦，究竟为何？

难道，我们连想要一份真实的感动，都必须得借助虚拟的世界来完成？

很多人抱怨，说现在是人心大坏，连朋友之间借个钱，都难如登天。我们从来没有静下心想想，问题究竟出在哪里？

很多年前要见一个朋友，我们是提着自家的蔬菜瓜果去的，满满的，都是情谊和自然的味道。去了，通常不为事情，只是想念，要在一起坐一

第四辑 春夏秋冬，清淡欢喜

坐、看一看、聊一聊，顺便吃个家常饭。可如今，不同了，我们要见一个朋友，一个电话约到地点，胡喝两杯，胡吹两句，然后匆匆散场。而且，通常这样的情况，目的都是为了谈事。

从前的朋友，是知根知底的朋友，是用人情和自然垒筑起来的朋友。而如今的朋友，大多时候，都显得像个玩伴——那些破碎的又带有功利性的相处片段，当然难以撑起彼此长久的信任。

我们在丢弃自然的时候，其实，也一并遗失了可贵的人情。

去远方旅行的书店

兴许是职业的缘故，我对一个城市的印象，首先是从书店开始。

一个书店对待看书人的态度，往往能体现一个城市的真实素养。很多书店，极有容人的胸怀，明知来客只为蹭书和吹空调，还是表现出一种温和的大气，这令我非常感动，也使我对书店有了一种莫名的情愫。

不管什么天气，在我看来，书店总是最好的去处。累了，倦了，都可以去书店里坐一坐，翻一翻色彩鲜亮的画册，或者读一首让人心醉的小诗，尤其惬意。有些书店，为了让爱书者更舒服一些，还专门布置出优雅的读书区。

书店的读书区和咖啡厅里的读书区是截然不同的。咖啡厅里的服务员总是会问你需要什么，尤其在顾客拥挤的时候，闲坐看书的你，自己都会觉得不好意思。书店则不然，不管你坐在哪儿，都不会有人跑过来问你想看点什么、需要什么帮助。偶然，坐上一下午，竟会有主人般的安适感。

学生时候，特别喜欢读书，但无奈囊中窘迫，只好去书店里蹭着看。老板是个极为儒雅的中年男人，坐在收银台里，脸上始终泛着微笑。

去得次数多了，似乎熟络了。他经常见我去翻文学类的书，便总是建议我去读一读某某某的作品，结果一读，便爱不释手，经常蹲在书店里忘了时间。

虽然自己过得并不景气，但心里知道，书店是靠卖书来维持。于是，攒了一些零花钱，去买自己喜欢的作品。

老板的一句话，彻底让我对书店产生了不可割舍的情感。他说："放着吧，没事儿，这些书你都看过了，买回去，也很少会重读。你要想看书，随时都可以来。"

之后，我反而很少去了。因为总觉得不好意思。可即便如此，多年后想起来，还是觉得心有余温。

那些年去这家书店蹭书看的穷学生，不是一个两个。他能有这样的胸怀，我觉得，跟书本身有关。

这几年，很多书店由于入不敷出，陆续关闭，确实让人叹惋。

我们无权责备时代的大潮，也不能说是网络书店冲击的结果。所有发生的事情，都属必然。

很多读者跑来问我，在电子书横行的今天，我的创作，有没有受到影响？而我，有没有把阅读方式变一变？

其实，在我看来，很多东西一旦发明出来，是很难再被取代的。在科技如此发达的今天，我们仍然在用扳手和锤子这些古老的工具，为什么？因为它们最符合人类使用的习惯。

在我看来，书也一样。握着手机看书和捧着书本读书的感觉，是截然不同的。当然，在电子书城里看评论去下载一本书，和在书店的书海里翻到一本书的感觉也是不一样的。

电子书最大的开放程度，永远是章节试读，而导致我们是否购买这本书的原因，大多时候，还是别人的评论。

书店里的书，开放程度是毫无保留的。你可以不听任何人的意见，去寻找一本你自己真正喜欢的书。你可以通过自己的审美，去翻一翻其中的段落，你可以通过自己的眼睛，去看一看精美的装帧，甚至，你可以凑上去闻一闻，书页间那一股泛着岁月温润的暗香。

穷学生依旧还有，但能给予他们知识能量的地方，却正在慢慢转变成虚无。手机里的电子书，永远不可能让我们感受到爱书人与读书人之间的温暖情怀。

我相信，那些在今天逐渐消失的书店，不过是去完成一次短暂的远行。也许明天，它们就会回来，以更优雅的胸怀，浸入每一座城市的血脉。

岁月静好

深夜，一人，听一首歌。细数忧伤，仿佛苍老许多，满目是疮痍。

幽静中，收到一好友的短信——如果，有一天，我终将变成一个庸俗的人，怎么办？

握着手机，陷入沉思：的确，时间茫茫而又苍苍，我们终会依着它而慢慢老。在这样一个过程中，我们会变得越来越懒，什么都不想动，什么都不想做，只想赖在床上，哪怕只是简单发呆，也不要每日早起上班；我们会变得越来越矫情，越来越脆弱，越来越喜欢静处，却淋漓而又真实地害怕孤独；会一个人看一场电影，看到心碎；一个人读一本书，读到隐忍与不安；一个人听一首歌，听到憔悴与无力，那时的光阴，似乎总躲避不了"悲伤"这个词，与它为邻，仿佛眼泪，说流便流了。

或许，再渐渐地，我们会越来越市侩，在菜市场里为几块钱而讨价还价，会越来越懂得节省，会越来越淡定，不再会有年少时的那种懵懂与内心之澎湃。更或许是，生活越来越悲剧，埋怨家人，无端浮躁，不甘心人生只是如此之平平而又碌碌。或许，我们真的变成了一个庸俗的人。茫茫人海，平淡而无奇，像一株渺小的草，再也不会拥有美丽耀眼的花期，草木零落，美人迟暮。

可是，我们都曾年轻过，我们都曾对未来憧憬过、追求过、执着过，只是，后来的后来，岁月依然是长，薄暮却尽是荒凉。为何，当初纯真美好的起点，总不能与终点完美重合？难道，花开花落，真的是人生如梦，梦如人生？

手机信息铃声又响了，朋友的信息又来了——对不起，夜扰，只是庸人自扰之，勿念。

我这才猛然一惊，为何，"如果，我变成一个庸俗的人"这话会让我思考无限呢？我不得而解。大抵，是彼此在同一时间，内心都有一种忧愁的情绪吧，这样的情绪，让我们的心灵相通，心灵相语了。

我终是没有回复短消息，因为，我知道，她亦会知道，庸俗是生命必经的一个历程。如静处是美，美到一个人可以内心排毒，无人扰之；市侩是美，美到可以体验生活，积少成多；而美人迟暮依然是美，美得那么震撼而又睿智，在平淡的岁月中修得了空灵心……

如果，有一天，你终将变成一个庸俗的人，别担心、别躁动、别遮掩、别惊扰了生命中一个橙色的梦，大大方方的，就这样庸俗着，美丽着吧。

你看，内心不荒芜，岁月莫不静好！

消失的艺术家们

最美丽的记忆，莫过于童年，而童年记忆中，最不可忘却的，便是放学后的自由时光。

那条回家的必经之路，在一个年仅七岁的孩子眼中，不再是一条喧哗的小道。它是一本从没看过的书，是一段从没听过的故事，甚至，是一个未知且充满神秘的小世界。

放学后的孩子是自由且快乐的。他们像开闸的洪水一样，哗啦啦奔腾而去，把原本寂寥的小路充斥成一个锣鼓欢腾的大市场。

跑步声、谈话声、欢笑声、铃铛声、吵闹声、吆喝声……混七杂八的各种声响，如一簇簇跳跃的小火苗，把傍晚时分的小镇点成一炉冲天喧腾的耀眼篝火。

这是我第一次脱离大人的掌控和这个真实的世界单独相处。我对身旁的一切都充满好奇。

我喜欢挤进水泄不通的人流去看调皮的小猴在大马路上翻跟头，也喜欢蹲在小摊旁看老头怎么把一块坚硬的红糖炼成汁液，而后画出腾云的金龙和彩凤。当然，我童年所看到的，远远不止这些。

那些变魔术的、唱戏的、演杂技的、练武的、要饭的、做泥人的、卖狗皮膏药的……沿途皆是。他们是天生的艺术家，对生活充满热爱。所以，他们的观众，永远是最多样的，不管男的女的老的少的哑的瘸的，都喜欢站在那儿，看上一段，听上一曲，喝上一彩。

最奇怪的是，这些天生的艺术家们，从来都不是固定的。三五天后，同样的位置，你会发现，那张熟悉的脸已被另外一波陌生的面孔所代替。你并不因此觉得伤感。因为新来这波人的表演，往往更让你觉得叹为观止。

很多时候，坐在学校的操场上，走在回家的路上，我总会忍不住想，那些人到底去了哪里？他们是流浪诗人，不过是为了寻找灵感？更或者，他们是拥有法术的精灵，负责把每一个孩子逗乐？

我心里有许多稀奇古怪的揣测，但可惜的是，没有一种得到证实。那些使我目瞪口呆的艺术家们，一曲之后，便再不复返——这又让我在偶然安静的时刻，平添了莫名伤感。

孩子是最具有想象力的冒险家。围着城市看戏，总会发现，原来回家的路不止一条。

我兴奋得整夜整夜睡不着觉，心里充满了无数幻想。没有谁可以猜到，明天那些新开辟的小路上，会出现什么样的奇人，会表演什么样的节目。那样的好奇和兴奋，丝毫不亚于哥伦布发现新大陆。

他们为我搭建了一个又一个难以言喻的奇妙天堂，并在无形中给我的作文和童年抹上了无数的灵感与色彩。

时至今日，我仍然记得，那个卖蛇药的中年男人，常常会让我忘记回家的时辰。他抓着我颤抖的小手触摸了冰凉的蛇身与蛇头。那是我生平第一次放下恐惧,勇敢地与这世界上的另一种动物平和交流——他使我在冥冥中懂得了物种与物种的相处之道。

然而,这所有的一切,正在时光中慢慢远去。那些消失的艺术家们,那些给我带来无数惊奇和幻想的表演家们,已不知去向何方。一切有趣且丰沛的放学之声,都淹没在汽车和摩托的喇叭声里。

我又陷入沉思。那些曾给我无数作文灵感的艺术家们,是被接送孩子归家的冰凉车流所吓跑?还是说,时代的巨轮已让天真的孩子无力抬头去看一看这奇妙的世界?

在罗埠,寻一漾慢的涟漪

喜欢罗埠的慢,一见倾心。

清晨,老街上喝早茶,茶馆里看电视、听戏,有一句没一句地闲聊,甚是清欢。包子、烧饼、状元糕、油条、豆浆、粽子等各种小吃随意挑。尤其是豆腐脑,咸淡相宜,丝滑入口,唇齿留香。或是吃一碗冷淘,农家自己"秘制"的豆酱,再加上一些蒜泥与碎辣椒,相拌,味美极了。

午后,槐树底下乘凉,聊聊家长里短,遇到合适的人,下一盘象棋,进卒跳马,横车架炮。时而神色紧张,生怕被对手偷吃棋子,时而释然一笑,彼此玩笑着挑衅。围观人越聚越多,出谋划策,大家其乐融融。阳光散落在树荫之下,仿佛有脚,悄悄挪移着,而棋中人,全然不知。

待黄昏,老街上理个发,然后漫步于罗江边上,江面闪烁着点点星光,风吹漾涟漪,渔舟唱晚,悠然自得。会遇见垂钓的老人,三两个路人,或是提着篮子去江边洗衣服的村妇,噢对,还有互相奔跑着嬉戏的孩童。一切,似凡·高笔下的印象色彩画,画卷慢慢舒展,柔和美好。

某个雨天,撑把伞,一个人行走于小镇上的巷子里,浅浅寂寥。朦胧细雨滴落在伞上，慢慢往下滑落，落在石阶路上，不经然间泛起的雨花，像极了优雅的精灵，让人想起戴望舒笔下的《雨巷》。走得倦了，找一间茶馆或小店休息，捧一本席慕蓉的诗集阅读，日子如诗，欢喜着人间烟火味。

是啊，罗埠的宽慢，是陶渊明古诗里的采菊，悠然，见南山；是台湾作家张晓风笔下"风雨并肩处，岁岁看花人"的细腻情怀；是南唐李煜"归时休放烛花红，待踏马蹄清夜月"的寂静安然；是王维"行到水穷处，坐看云起时"的豁然脱俗。在罗埠，没有喧嚣里的嘈杂、攀比与怨愤，一切都是慢慢而慢慢，和谐，养心，润颜。

忘了说的是，罗埠是我的家乡，生我养我的地方。据《康熙金华府志》载，早在康熙年间，罗埠就成了金华府内有名的集市，被称为"新兴市"。后来，因其位于罗江之东的通航埠头，改称为"罗埠"。

2004年高中毕业，母亲带我去了上海，后因在外读大学的缘故，毕业后待在了上海工作，这一待便是十多年。与家乡的见面，也就是逢年过节里的匆匆一瞥。但思念家乡的情愫，与日俱增。

记得有一天，我在家中午休，蒙眬之中听到熟悉的声音，再仔细一听，是家乡的罗埠方言。我赶紧起床，去找寻这亲切的声音，原来是老乡，他们刚好来我家所在的小区施工，是第一次来上海。那一整个午后，我就坐在施工现场与他们聊天，愉悦，锦簇繁花。

现在，到全国各地讲课，与家乡的往来紧密许多。若说小时候，家乡的慢是对自己温润随和性情的熏养，现在家乡的慢，是对自己内心匆忙与虚空的治愈。

倘若有一段时间讲课频率很高，我会专门回到家乡"隐居"，寄情于田园与山水之间。晨起去小镇上赶集，买家人和自己喜欢吃的菜，拣菜，洗菜，下厨，三两个简单蔬菜，清淡自然。午后，品茶读书，眼睛酸了，躺在院子里听虫鸣声，感受风的稀稀疏疏。傍晚，听村上老人闲聊，奇闻逸事，填充内心。余晖下，徜徉于田埂上，看花树、溪水，阡陌田野，劳作农人，以及最远处延绵起伏的山，它们都是生活里的教科书，教会我慢下来，学会像它们一般，不论于风雨还是阳光里，都自然而然，没有反复与起伏，记得时时刻刻的心安。

所以慢，不仅是生活方式的一种，更是修身养性的一种境界。

是啊，我们不是圣贤人，难以做到如佛般敞明。但是，我们可以在内心深处根植一朵名叫"慢慢"的花，不争不怒，不庸不扰，不喜不悲，优雅花开。

罗埠，是我的家，是母亲，岁岁年年，年年又岁岁，唯不忘的是乡音、乡味与乡愁。

或许有一天，自己会隐于罗埠小镇里的某一处，一箪食，一瓢饮，在陋巷，漾一缕慢的涟漪，安安静静读书写字，日如果蔬，人生足矣！

浅春深喜

十岁那年的春天,我强拉起母亲的手,让她随我一起去田间寻找春天。

那时年幼,对春天没有什么特殊的印象,只知这个时节,会开满大片的油菜花,柔黄的蓓蕾,在沉醉的微风中,散发出的花香,并透着淡淡的泥土气息。

我在田间小路上欢快地寻找着,脑海中勾勒出春天的种种模样,然后与眼前的景象一一对比。母亲就在我身后尾随着,不紧不慢,时不时喊喊我的小名。最终,我停了下来,满脸无奈地对母亲说:"老师说,春天在我们的眼睛里,可是,我寻找了半天,似乎周围的一切都和平时没什么差别,春天它到底在哪里?"母亲笑了,让我再仔细地观察下周围,然后闭上眼睛,跟随她一起慢慢感受春天。

"小草就在你的脚底下,探着好奇而又欣喜的脑袋,嫩嫩的,绿绿的,她们是报春的使者;河边的柳树绿了,欣欣然,随风摆动着她的枝条,像在唱一曲明媚愉悦的童谣;远处,有三两农民伯伯,洋溢着笑容,挥舞着手中的锄头，他们在锄田播种，因为春天，是播种的季节，是万物复苏的季节。"

睁开眼，原本平淡无光的景物似乎真像被施了魔法一般，焕发生机。我忙拉着母亲的手问为什么会有如此变化。母亲俯下身，抱着我说："孩子，心美则景美，浅浅的春天当要深深地欢喜啊，这样，春天才会完美地绽开在你的心里。"

我眨着眼睛，似懂非懂，但记住了母亲怀抱的温暖和当时她说的话——浅浅的春天当要深深地欢喜。

十多年后的春天，我陪母亲一起在田间散步。母亲挽着我的手，和我唠叨着家里的琐事，并叫我出门在外，万事谨慎小心，担心身体如此等等。我侧过头，看着母亲日渐憔悴的脸和染黑后又开始褪色的白发，心酸的同时，想起了儿时我拉着她一起寻找春天的往事。那时的她，优雅、年轻、美丽。时光荏苒，春天如是，可母亲却老了。

我突然拉住母亲的手，笑着说要和她一起寻找春天。她一个劲地摇头，说这已经是春天了，不必找。可我还是拉着她的手，让她随着我的视线一起观望：

看，那是延绵起伏的山，连着湛蓝的天；看，那是田间劳作的农民伯伯，岁月消长了他们的脸；看，那是在微风中摇曳的柳枝，诉说着对春天的慕恋；看，那是油菜花，那是小草儿，那是，那是……

母亲拉回我的手，笑着说："傻孩子，什么时候成了诗人了啊？"

母亲的笑，和当年一样温暖，注视着她，我突然就流泪了："妈，您说的，浅春深喜啊……"

母亲的世界

多年前,我背起行囊去远方上大学。母亲把我送至车站,千叮咛万嘱咐,出门在外一定要学会照顾自己。临行前,她突然想起什么似的,一头冲进人群,回来时,笑着递给我两个月饼,让我带着路上吃。当时,于我们而言,月饼是奢侈的食品,因为昂贵的学费已然让这个家到了山穷水尽的地步。

也就在我踏上北上火车的那天,母亲收拾衣物毅然决定去上海打工,她心里明白,孩子读书,不能没有钱。而当时为买那两个月饼,是母亲掏遍了身上所有的口袋。

大学四年,母亲每月都会按时给我寄生活费,常给我邮寄暖被、鞋子和衣物等,每次电话,总有千万个不放心,让我注意这注意那。说她在上海找到一家很好的单位,工作很轻松,赚钱也容易。还给我寄了一张她的照片,照片中的她坐在公园的一石凳上,手握挎包,戴着墨镜,洋气极了。我信以为真,不知道节省,常半个月不到便又向母亲要生活费。

直至我大学毕业后,依着母亲寄给我的信封上的地址找寻到她所住之处时，才明白，母亲的谎言让我安然度过了四年美好的大学时光，而她，却因这谎言变得黯淡。那是一条拥挤的弄堂，破旧低矮的屋舍，三家两家共同使用一个灶头或煤炉。母亲租的那间房，狭小逼仄，除了一张小木床、一台收音机、一张塑料凳子，其他什么都没有。房东告诉我，母亲生活很节省，一天几乎只啃两个馒头或吃一份三块钱的麻辣烫。有一次，母亲因工钱问题和老板吵架，老板便叫了小混混，一路追着母亲打，后来母亲一直逃一直逃，连晚上过夜都不敢回去，躲在一居民楼的天台上，受冷挨饿。这四年，你母亲真的很不容易，这是房东对我说得最多的一句话。那一刻，我陡然觉得自己的渺小与可憎。因为，母亲的卑微劳累，全是为了自己。后来原本想给母亲惊喜的我，嘱咐房东不要提及自己来过，悄悄离开了上海，我要让母亲，在我面前，一直，一直，骄傲着。

多年在外打拼，我终小有所成，每年母亲的生日，我必然会推去任何应酬，陪她一起过。

又至母亲生日，我将当初在母亲住处拍的照片和多年变化后所拍照片一同放于相册中，送于她。母亲看着照片欢喜不已，后又沉默，抬头望了望我，似乎在问，你是怎么找到那的？我未答，静然的时间里，我们彼此深知，好比她尽心维护一位辛酸母亲的光鲜形象一般，我也一直在用心成长，努力做好她心目中的成功、懂事的儿子。

那日，月光如水，照片上落下些许闪烁的光。那些晶莹之中，分明折射着母亲眼角的泪。原来，母亲的世界就那么小，只要儿女们懂得她的心、明白她的意，那便是她幸福的全部。

第五辑

总有一处风景温暖你的心

人生的价值,真不是我之前所想的以为做了什么惊天动地的大事、拥有功名利禄等,而是在于,无论身处怎样的平庸与困境罅隙,都能以最美好的姿态,对待社会所赋予你的每一份工作,然后,用它去温暖身边的每一个人。

细微见暖

坐高铁回上海，买了张商务座，犒劳自己这段时间的工作辛苦。

上车后，商务座区域空无一人。我把座椅调整到"躺睡"模式，向乘务员要了毛毯，戴上耳机听音乐，惬意无限。

诸暨站上来一位农村妇女，五十几岁，缝缝补补着的衣裳，似乎很多天没洗了。拎一蛇皮袋，鼓鼓的，很沉。她一手吃力地拎袋子，一手拿着车票找位置。

正当我好奇商务座怎么会上来这样一位妇女时，她已经先向乘务员咨询座位，交流中我知道她是去杭州帮女儿照顾外孙女，女儿怕她路上辛苦，所以帮她买了商务座。

她在我身旁坐下，可能车厢内空调温度有些低，她也要了条毛毯，搭在肩膀上，眼睛望着车窗外，一动不动。

蛇皮袋在她的双脚前面放着，鼓鼓的，应该很沉。

她那缝补着的衣服时不时传来一些奇怪的味道，我无心听音乐，起身换到左侧空着的单人座位上，心里犯起了嘀咕：味道真难闻。

第五辑　总有一处风景温暖你的心

她可能是渴了，身子向前弯曲，用手抓住蛇皮袋，把袋子放在自己的双腿上，拉开拉链，在里面"摸索"半天后，找出一个保温杯，拧开盖子喝水。

可能水有些烫，她的身体晃动了下，蛇皮袋掉落下来，一时间，南瓜、丝瓜、包子、馒头、油条、石榴、苹果、带着泥巴的番薯等滚落在地面上大集合，整个商务座区域都是各种奇怪的味道。

她显得惶恐不安，赶忙蹲下去捡，一个圆圆的土豆滚至我的脚边，我视而不见。

她可能也没注意，收拾好蛇皮袋后，人又重新坐得板正，望向车窗外，不说话。

这个圆圆的土豆在我的脚边躺着，也不说话，我见它丑，用脚踢进了座位底下。

临近到站，她开始收拾自己的东西，大大小小都重新装进蛇皮袋，顺便把自己座位下脏乱的东西放进了一个塑料袋，包括前面粘在地面上的泥巴，她也一一拾捡。

除此以外，她还将肩膀上的毛毯拿下，方方正正折叠，放于座位上。

下车，她拎着鼓鼓的、很沉的蛇皮袋蹒跚前行着，背影慢慢变得模糊。

坐过无数次的汽车、高铁与飞机，每次离开前，我从来不会考虑将毛毯折叠好归于原处。

细微见暖。我起身将座位底下的土豆捡起，内心仿佛下过一场雨，洗却了之前的狭隘与自私，倏然明白：这位农村妇女蛇皮袋里装着的，是一位母亲朴素的爱，是人间的温暖一课！

朴素的善意

第一次见到她，在那个些许慵懒的黄昏。

临时接到朋友的电话，晚上想至我家吃饭，所以急匆匆去菜市场买菜。

不想耽搁太多时间，就在菜场入口摊位上挑了些蔬菜：青豆、茭白、藕、地瓜叶、空心菜、秋葵等。

摊位主人是她，个子不高，微胖，皮肤黝黑，65岁左右，咧着嘴角笑。一样一样地称重量算价，拿本小本子记，旁边有人同她打招呼，忘记了价钱，又重新称一遍。我催她快一些，她有些紧张，说老了容易出错，手脚慢，让我多包容。

回家洗菜，家人说我傻，很多菜叶都不太新鲜，放置几天了。起先倒没注意，但家人提得多了也就觉得心里不舒服，想着下一次肯定不会去她那里买。

或许确实是因为她卖的菜不是非常新鲜，别人的摊位都是讨价还价，热闹不已，唯独她的摊位显得冷清，鲜有问津。她站着，微笑着，每路过一个陌生人，都会问是否买她家的菜，可是热情换来的都是沉默，洋溢在脸上的微笑之花也渐渐枯萎，惆怅起来。

我趁她不注意，从她摊位边上走过，见她坐在板凳上，耷拉着脑袋，叹着气。

买好菜，回眸想看看她，却不曾想与她的目光对视上了，或许她也已注意我很久，只是不好意思打招呼。她的目光里有期待，嘴角马上又微笑起来："小伙子，来买菜啦？"

不忍拒绝，恰好我喜欢吃莴笋叶，别的摊位都没有，唯独她家还有一些。

我买下全部的莴笋叶，顺便还买了土豆、丝瓜和辣椒，她很开心，又张罗开来，一样一样称重量，算价，记在笔记本上，说莴笋叶送给我吃，现在没人单卖叶子。

付钱，离开，她又开始吆喝，眼前的光阴倏然明亮。

之后买菜，我都会先在她家象征性买几样，然后去别家摊位买，这样她每次见到我，都会乐呵呵的。女儿问我，为什么她家的菜不是非常新鲜还要买，我说能以微小的付出，随喜成全她人一天的明媚，这是一份善意和温暖，我们要去做一个温暖他人的人。女儿似懂非懂，点点头。

我也经常同自己的学生分享这个买菜的故事，让学生学会付出心中的善意，每每分享时，自己都挺骄傲的，得到学生和家长们的敬佩和赞美。

出门讲课，挺长一段时间没去菜市场。回来后，依旧去她的摊位上买了些许菜，她似乎显老了一些，背有点驼了，见到我，咧着牙齿笑，送我一大袋莴笋叶。

这清炒莴笋叶的香淡，让我着迷，很是欢喜。

走出菜市场，门口保安室的大伯同我打招呼："你是这位大妈的亲戚吧？她好像每天都会为你准备莴笋叶，时不时给它们洒水。见你几天没来，菜叶枯黄了，一大袋扔到门口垃圾桶里，隔天又准备新鲜的了……"

内心五味杂陈。我只是有时间了才到她的摊位随喜买点菜，而她却为我日日准备我喜欢吃的莴笋叶，我以自己付出的善意为傲，她却不闻不说，朴素淡雅，似日光下的花，韵味深长。

总有一处风景温暖你的心

每次上下班都会路过一处小报刊亭，主人是一位小伙子，三十来岁。本是拼搏的年纪，可他却似乎没有任何的斗志，偏安一隅。他会在售卖报刊上面放一个正方形的木盒，亭边摆上几根小凳子，意思是地方虽小，可路人喜欢的话便可以歇坐，自由阅读，若想带走一份，主动在木盒里放上一元钱即可。他自己呢，不看不问，而是和附近居民在一边在象棋谱上厮杀，风起云涌时，则会凝神关注，玩得尽然时，也会大呼一声，痛快！

找了一个机会，我和他两人静坐对弈。我一边下，一边向他阐述一些关于奋斗的理念，告诉他什么是人生的价值，询问他的一些情况，而他，只是微笑，一旦我说得多了，他便说下棋下棋。几盘下来，我见他丝毫没有被我劝进的意思，于是一脸的无奈，想起身告别。可就在这么一个瞬间，一颗棋子不小心被我碰落，俯身去捡的时候，看见了年轻人右腿膝盖以下空荡荡的裤子，微风一吹，便四处晃了。

他的腿？当时心中不由一惊，后便是惋惜与同情。我不知道他曾经发生过什么事，可于他这样的年龄，这样的情况，是大劫。难怪他……我一时不知如何是好，想起自己之前因一己之念而偏执的做法，遂觉惭愧与尴尬。因为人生，会有太多言不尽的无奈。他许是看出我的心思，忙笑着说，不碍事，都很多年了，以后多来下下棋。说完，他便以木凳当作椅子，瘸扶着到了报刊亭内，整理新到的报纸。

的确，如果没体验过别人生活背后故事的隐忍与辛酸，是没有权利去妄评其人生的选择是非的。从那以后，我便开始很细致地观察他的生活，不再是歧视与愤慨。

他的报刊亭非常受小区居民，还有一些农民工的喜欢。大家都是过来，歇歇坐坐，下棋聊天，打发时光，有时人热闹了，他还会用木盒里的钱买些包子回来，请大伙吃点心。在这样的惠风细雨里，他和这些人成了好朋友。人们也逐渐称他的报刊亭为"老地方"，今天去哪里？老地方！

一次突如其来的瓢泼大雨，我突然想起报刊亭的他，腿不方便，外面还摆着这么多报刊和凳子、椅子等，于是撑起伞，忙冲进雨中，赶过去。可是，到了报刊亭时，我傻眼了，早就有许多人，在帮忙收拾，跑进跑出，而他则是坐在椅子上，一直说着谢谢，衬衣被淋湿了一点点。最后，全部收拾完毕，他们一伙人，全挤在小小报刊亭内，开心愉快地调侃人生。

注视着这感人的一幕，我终于明白了，或许，他起初选择这样的生活方式，是迫于无奈，是因为身体的残缺，可现在，却是为了一份心灵的守候与坚持。因为，在这个尘世间，每一朵花，都有自己的芬芳，每一株草，都有自己的姿态，他们都在以最为质朴和坚韧的方式存活着。

所以，人生的价值，真不是我之前所想的以为做了什么惊天动地的大事、拥有功名利禄等，而是在于，无论身处怎样的平庸与困境罅隙，都能以最美好的姿态，对待社会所赋予你的每一份工作，然后，用它，去温暖身边的每一个人。

温暖心灵的橘子

大学毕业后我去了一家研究所工作，那时所里刚好接了一项关于"改变郊区经济薄弱村贫困面貌"的研究课题，我被安排到了该课题的考察小组，负责去郊区村上调研各项资料。

那是一个偏僻的小山村，崎岖的山路，路边长满高低不一的不知名的树，慵懒地矗立着，任凭那横生的枝丫随风摇摆，漫无目的。低矮的水泥房，木门，生了锈的铁窗，门前堆满干柴，有老人坐在藤椅上抽烟，咧着稀疏的牙齿朝我们笑；有的放下手中的柴火，立着身子，好奇地朝我们张望；小孩们则三五成群地拥在一起窃窃私语，然后又一哄而散。这是我们刚踏入这个村庄时的场景，仿若一张泛黄的照片，印记着时光萧瑟而又黯淡的容颜。采访挺顺利，村民们都非常热情，以生硬的普通话介绍着自家的情况。经过了解，村民们主要以种植业收入为主，年轻人都去了城里打工，然后每月给家里寄些钱。村民们生活拮据，孩子的学费是一笔很大的负担，多户家庭都看不起病，等病得实在不行才去就诊。如果碰上一场大病，这户人家等于是垮了，因为他们十多年的积蓄，付不起一笔昂贵的手术费。

收集的资料越多，我的心纠结得越是厉害，仿佛被一只无形的手紧紧捏着，为他们的贫穷而难过。我推开采访的最后一户人家的房门，屋里没人，有个内院，围墙由一块块砖块堆砌而成。院子里长满了各式的花草，生机盎然的，赏心悦目。我情不自禁地走了进去，欣赏这与众不同的景色。院子的一角，长着三棵橘树，奇怪的是，每棵橘树上都只有一个橘子。我刚想伸手去抚摸，身后突然响起了斥责声，一个十多岁的小男孩，如箭一般冲到我的前面，伸开双手护住了橘树，用生气的眼神瞪着我。随后，一位中年妇女走了上来，指责孩子的不礼貌。男孩不听，跺着脚，手指向我，意为我是坏人。我和中年妇女都笑了，经过交流才知，她是这家的女主人，孩子的爸爸在城里打工，一年回来两三趟，家里平时就靠种橘子为生。之所以每棵橘树上都只有一个橘子，是他们家的一种风俗，意思是摘橘子时不能全摘光，要剩下一个，代表着来年的丰收，代表着生活的希望。男孩七岁的时候，因不懂事摘掉了树上最后的一个橘子，结果被他爸爸狠狠地打了一顿。

我和男孩的妈妈在屋内交谈之时，他一直站在橘子树前，生怕我会再次过去破坏。直到我走到屋门外向他们告别时，他才走出院子，用疑惑的眼神望着我。

行走在离开村庄的路上，回忆着采访时的点点滴滴，我们的心情都十分沉重，总觉得自己身上担负着很大的责任。这时，身后传来了熟悉的叫喊声，我转过头，是那个小男孩。男孩跑到我面前，气喘吁吁地说："叔叔，妈妈说你们是来帮助我们脱贫致富的，所以，我把橘子摘下来了。可以把更多的生活的希望带给比我们还穷的人。"说完，男孩递给我一个红色的塑料袋，袋子里装着那三个橘子。男孩的话，像一阵和煦的风，吹散了我心中的阴霾。我抱起他，紧紧地，紧紧地，视线模糊，却又不知该说些什么。

最终，课题研究很成功，引起了相关领导的重视，对这些贫困村加大了扶持力度……

尘世里，人来人往，行色匆匆，许多人只是擦肩而过，淡忘的多，记住的少。可总有一些人，会让你难以忘怀，记忆犹新。你感动的，不是他那光彩夺目的外表，也不是其尊贵显赫的地位，而是他的平凡，他的朴素，他的那颗纯真善良的心。好比男孩送我的那三个橘子，这么多年，一直生长于我的心灵之树上，时光愈是流逝，它所承载的情感就愈是浓烈、执着，温馨而又美好！

穿透隔墙的爱

花了一个下午的时间，搬进新家，六楼，简单而又安静，非常喜欢。

之前住的房子，虽然宽敞，但附近就是一个小型垃圾场。声音嘈杂且每到清理垃圾的时候，空气中便会弥散出一股难闻的味道。自从搬了新家之后，自己感觉就像逃离出一个黑暗的地方，重新遇见了光明。新的家，坐北朝南，每日清晨，阳光静悄悄透过窗帘，溜进屋内，雅致、舒坦。坐于窗边的沙发上，沏上一壶铁观音，听听歌，写写字，生活宁静美好。

可是，一个晚上，睡梦中的我被隔墙传过来的类似山羊的呻吟声吵醒，声音时轻时响，一阵一阵，听了让人不知所措，直到凌晨四点多才渐渐消失。接着又出现了衣物洗刷的声音和脸盆碰撞的声音、水流声等，混在一起，刺耳无比。那一晚，像是为伊消得人憔悴，第二天浑浑噩噩，无精打采。之后的夜晚，经常会出现这样令人不悦的隔墙之音。

为此，我开始刻意留心邻居家的动静。邻居是一位六旬老人，和蔼友善，话不多，每次进出门都是一个人。他基本上是早晨五点左右就起床，然后开始播放收音机里面一档黄梅戏节目，平时除了早上和傍晚会外出逛下公园或买菜之类，其余时间大多都待在家里。

虽然我客气地叫他为大爷，有时会与他礼貌地交流一些生活方面的小问题，可为了弄清隔墙之音的来源，我总是会小心翼翼地注意他：比如，借他转身关门的瞬间，偷偷瞄一眼他的家，看看他家的水槽大概在什么位置，是否有脸盆等东西置放一边；总是会从猫眼里观察他进出是否都是一个人，观察他的脸上气色等。可是，一段时间留意下来，发现老人身体非常健朗，不可能发出那虚弱的呻吟声，而他家只有他一人进出生活，既然这样，这困扰我的隔墙之音到底是怎么来的呢？

那是一个幽静的晚上，梦中的我又被穿透隔墙而来的呻吟声吵醒，几次尝试入睡均不能如愿，干脆开灯看书。这一次，我听得很清晰，除了呻吟声之外，还有老人的咳嗽声，两种声音几乎是同时出现。我起床套了件睡衣，打开窗户，朝隔壁老人家的阳台望去。窗户开了，声音更加清晰了，洗刷、呻吟，还有其他零碎的声音等，确实是从他家里传出来的，直到近拂晓才慢慢消失。

第二日，我特意将桌上的一袋香蕉拎给隔壁老人吃，敲门进入他的家里后向右朝他的卧室望去，由于他家是一室户的房子，里面的一切都看得清清楚楚：三条自己拴的绳子上挂满了大大小小的毛巾，毛巾下面放着一两个脸盆和塑料桶，逼仄的空间里，放着两张木板床，一张空着，而另一张上面则分明躺着一个人。

老人许是看出了我的尴尬，赶忙上来，搬了张凳子给我坐：原来，那躺在床上之人，便是老人的爱人，三年前因为突然脑瘫，变成了植物人，每日只能躺在床上，无法正常说话，不认识任何人，等于是一个没有灵魂的躯体，靠药物维系生命。老人每天都要在床边喂她吃饭，给她擦身，甚至是给她换洗成人尿布等。而近段时间，也不知何故，她经常会在夜间呻吟，还会有呕吐，一旦出现这样的情况，老人便会起床用热毛巾给她擦洗，握住她的手，陪伴在她的身边，直到她慢慢睡去……如此这样，365个日日夜夜，都是他倾心照顾。

听完老人的叙述，心被濡湿，总想说些安慰他的话，却不知如何去表达，竟傻傻地沉默在那里。从老人家走出来，重回到自己的房中，回想刚才的那一幕和始终洋溢在老人嘴角的微笑，眼泪便再也抑制不住地顺着脸颊滑落。我知道，老人终是幸福的，正如他自己所言："不管她变成怎样一个人，只要她在，我就心安，再多的苦难也都是幸福。"

以前总有人问我：什么是爱？如果付出与收获不对等怎么办？诸如此类，我不知道。可是如今，倘若再有人问我同样的问题，我会告诉他们那关于老人的故事。因为，爱是一种信念，是平淡岁月中的相濡以沫，它与得失权衡无关。

而当我这样理解爱的时候，我知道，是那真实演绎在老人身上的爱，穿透隔墙，在我心中播下种子，滋生出了那一汪滋润而又执着的甘泉。原来，心中珍爱，人生处处不荒芜，即使是没有阳光，每一道晦涩的阴霾都可以是极致的温暖！

和风说话的孩子

阳光透过疏疏密密的枝叶，在地上投下斑驳的影子，风一吹，便轻悄悄地跟着挪移了，浅浅的，碎碎的。这个宁静的夏日的清晨，我一人躺在院子里休憩，享受着自然的赐予。

丁零零……电话铃声响了。是一位学生家长打来的，急促的语气中叙述着对孩子的焦虑："逆枫老师，孩子最近不知道为何，经常一个人无端站在风中，顺着风吹的方向，喃喃自语，凝思沉重的样子。起初，我以为他只是在风中思考，可是，每次回来他都会显得很忧伤，这让我十分担心。"

给了家长些许的安慰之后，我突然想起关于这个孩子的一个学习细节。记得，那是一次作文课，我给学生们讲了"农夫赶集"的故事之后，班上所有的学生都因为故事的幽默与滑稽而捧腹不已，唯独他眼望窗外，神情迷离，显然是开了小差。课后，我走到他的位置上，微笑着问他上课为何开小差。他脸一红，腼腆地答道："老师，我是在听风吹的声音。"说完，他从座位上站起，奔跑着出了教室。当时，我只是以为孩子淘气未细想这事，现在结合前面家长在电话中所陈述的内容，心里不免产生疑虑：他为何会如此痴迷于风？又为何要忧伤？他们之间会有什么样的故事？

为了知道答案，我特意选择了一个午后，给孩子们上了一堂作文写生课，在给他们讲了大约一刻钟的景物作文构思技巧后，便让他们自由观察和写作，而我，则站在树荫下，一直观望着他。果然，没过多久，他便站在风口处，顺着风吹的方向，呆望自语着，任凭周围的同学如何欢闹与争吵，他只沉浸在自己的小世界中。

我是静悄悄走到他身后的，然后用手触碰了下他的手臂，问他在想什么？他见我站在他身边，显得有些失措，支吾着不知如何回答。我握住他的手，半蹲下来，用微笑的眼神注视他，然后问："又在听风的声音？可以和老师一起分享你内心的故事吗？"

男孩见我没有丝毫的指责之意，嘴角搐动了下，可还是沉默了。于是我拍了拍他的肩膀，鼓励他说："这样吧，你把你内心的故事写成一篇作文，然后明天交给老师看，好吗？"

"嗯，老师。"他点了点头允诺下来。

第二天，我批到了他的作文本——老师以前告诉过我们，要做一个悲悯的人，要为自然间的一草一木，为一个陌生人而感动，学会向他们表达自己的爱。可是，这些时间，我突然发现那个天天早出晚归的以替他人修补鞋子为生的老人好感人，她那么老了，走路都蹒跚了，却还要为生活努力着；我发现学校后面那条小巷中有一只黑白相间的猫咪好可怜，它似乎是被人遗弃了，没人照料它；我发现墙角的那些柔嫩的草都很伟大，在那么刺眼的阳光下，一直自信地挺立着，向蓝天秀展着自己的美丽。我不知道如何像老师说的去向他们表达我内心的感动，但我觉得，风会将我的心声传播的，爱的种子是会蔓延的，对吗？我期待着……

　　手握作文本，眼眶似乎瞬间灼热起来。是的，是这些稚嫩却又真诚的字语感动了我。我拿起笔，在他本子上打上了一个大大的红色五角星，并写上了长长的批语……

　　是啊，盈盈自然间，风会传播我们的爱。和风说话，让我们读懂了生命中那一掬最美却也是最澄澈的心灵甘泉！

靠近你，温暖我

七月，骄阳似火。

飞机在山东临沂机场下降，在这里，我将配合主办方给近百位小学生主讲作文培训课程，和他们有五天短暂的相处时光。

课程伊始，我以经典的童话和哲理故事入题，以期带动孩子们上课的积极性。教学计划开展得非常顺利，孩子们热情高涨，在欢笑之余，都踊跃举手回答问题，似乎一个个都成了博学而又快乐的小天使。

可是，在一个僻静的角落，坐着一个小女孩，水汪汪的眼睛，留着非常有艺术感的中短发，漂亮，内敛。她和其他孩子不一样，整整一节课，她都是在听，与她目光对视时，她明亮的双眸中浅浅流淌着一种被肯定和鼓励的希冀，想回答问题却又有些焦虑和害怕，有时小手刚一抬起，却又马上放下。宛若一朵刚出淤泥的小荷花，羞涩，清新，淡淡芳香，期待着阳光与雨露的呵护。

下了课，我以借铅笔的理由走到她的位置边，然后又以还铅笔的理由把她单独叫到了教室外的走廊上，俯下身，亲切地询问着关于她的生活与学习等问题。交流后才知，她从小就是一个内向的女孩子，但骨子里却有一种不甘的欲望，她也希望能和同学一起玩耍，融入集体，大胆发言，没有丝毫的顾虑等。为了消除她内心的迷顿与自卑，我决定用自己善意的方式，给她"疗伤"。

"假设现在我们就在五彩缤纷的公园里，你向前望，能看到什么？"我指了指操场。

"老师，我能看到美丽的花朵、可爱的树木，还有老人、小孩，或许还有小狗狗。"她低着头一字一顿地，慢慢地回答着。

"对，在公园里能看到姹紫嫣红的美好的一切。可如果现在黑夜降临，瞬间变得漆黑一片，你再往前看，你又能看到什么呢？"

"老师，那是不是，什么都看不到了？"她突然有点小兴奋，终于抬起头来问我。

"是啊，什么都看不到了。但是，我们再仔细想想，这些美好的景物，有没有因为客观环境的变化，黑夜的降临，它们就消失了呢？"

"没有，老师，它们一直在那里，也在我心中。"

"太好了！只要心中有美好，生命处处是温暖，是希冀。任环境如何黑暗，美好也不会消失。对吗？老师知道你心中一直存有这样的美好，只是你不敢去表达，你要相信自己，勇敢一些，再勇敢一些，让心中这样的美好如花儿一般美丽绽放，好吗？"

"嗯。"她抬起头，用肯定和感谢的眼神看着我，表示允诺。

之后的课程，因为繁忙，而且每个孩子都有不同的性格，也没顾得上太多地与她交流，只是偶尔会在课程中特意点名让她回答。她回答时，依然会非常紧张，声音细若如蚊，似乎并没有太大的变化。

指尖匆匆，五天相处时光一晃而过。第六天早上离开赶去机场前，我特地来到教室，准备和这些可爱的孩子们道别，说些鼓励与温暖的话。当我说到"遇见是缘，相处是喜，互相欢喜是人间最美好的幸福，老师已然拥有这样的幸福，希望你们，亦是"时，偌大空旷的教室突然有人抽泣起来，我转身一看，是她，她早已是泣不成声。可能受到感染，孩子们纷纷开始抽泣——陈老师，您不要走好不好，您什么时候再回来看我们？近百个孩子，都在那里低声哭泣，包括那几位调皮捣蛋的男孩子。

本以为只是愉快轻松的告别，这伤感的一幕，是我怎样也没估计到的。天知道，那一刻我心里有多酸楚，我不知道如何说些安慰他们的话，因为自己的眼眶也已经湿润了。于是，忙转身，然后含着泪，轻轻鞠了一个躬——再见，开始快步走出教室。我不能让孩子们觉察出我的泪。

"陈老师要离开了，这一别，不知要什么时候再相见，如果有想和陈老师拥抱的同学，赶紧上去吧，留住这最美好的一刻。"主办方的一位老师话音刚落，当其他孩子都还在犹豫之中时，那个文静的女孩，迅速离开座位，喊着"陈老师"，哭泣着朝我奔跑而来。

相拥。"陈老师，谢谢您，是您让我第一次鼓起勇气去做自己想做的事情，有了这个拥抱，我就有了力量，我不会再孤单，再弱小。"天……我愣住了，她终于勇敢了，终于……我再也抑制不住自己的眼泪，是幸福的泪，两人相拥而泣。很快，孩子们都围抱了上来……

坐上飞机，望着窗外的一望无边的白色云海，内心感触不已，突然意识到自己作为一名作家老师，肩膀上所担负的神圣职责与拥有的力量。其实，善，是一种执着的信念，是蕴藏在心中的阳光；而行善，滴水藏海，就在我们每一次不经然的善意的付出中。

感谢你们，纯真善良的孩子，感谢你，灵动美丽的女孩。靠近你，温暖我，你可能不知道，那一刻，你那闪烁在眼角的泪花，成了我明亮的灯塔般的希望，点亮了我前面的路，让我不会迷失在沉浮虚幻的名利海洋里。

对了，一直忘了说你的名字——周子涵。

时光中的感动

央视《非常6+1》节目曾播出这样一档节目：一位叫杨义全的警察教官来到舞台上表演各色特技：摔跤、格斗、劈腿、防卫……观众们无不为他的精彩演出喝彩。原本我以为他只是为了一展才华，露露脸，可当他站在梦想台上，主持人问及他的梦想时，七尺男儿哽咽住了。原来，他不断努力练习来参加比赛的目的不是为自己，而是为了帮母亲圆梦。

他出生于云南昆明的一个偏僻的小山村，一家五口。可父亲在他很小的时候因为贫穷而离开了他们，兄弟三人都是母亲一个人辛勤带大。她把大儿子抚养成村主任，把二儿子抚养成人民警察，是全村第一个公务员。春去春来，花谢花开，父亲这一走便是30年。饱经沧桑的母亲说："所有的苦我都吃得起，所有的罪我都受得起，但我不怪你，我只想知道你在哪里？如果现在的你富贵显赫，我们不贪求；如果你身无分文，你仍是我们至亲的人……"听到老人的肺腑之言，全场先是沉静无声，后是响起热烈的掌声，观众们的眼睛都红润了。我想，这是一种刻到骨子里，难以割舍的豁达的爱。

初三时，学校要求每天晚上都要去晚自习，晚自习下课后外面已经是漆黑一片。从学校回自己村上，得过一条马路。要知道，那时候村上很多的拖拉机是没有车灯的（有也不是很亮），所以，我们学生都非常怕过马路，也出过几次事故。可偶然的一天，马路边上一户人家阳台上的灯忘记关掉，灯光虽幽弱，却足以让我们过马路，黑暗中的光让我们庆幸无比。奇怪的是，自那以后，那户人家总是会忘记关阳台上的灯，那灯光也就伴随我们过了整整一个学期的时光。后来长大了我才知道，那户人家是特意开着灯，替我们照路的。这一善举，驱散了我们当时内心的黑暗，温暖了我们一生的记忆。

一位老人的儿子在部队因公殉职，留下一句话："我走了，别告诉我母亲，她会伤心的。"部队和村主任取得联系：部队的战友每星期轮流给老人写信，由村主任亲自上门给不识字的老人念。老人听着信，欣慰地笑，时不时还会拍手叫好。可是，日复一日，年复一年，老人始终没有等到儿子归家的身影。直到老人临终前，她和村主任说，一定不能将自己去世的消息告诉儿子，不然儿子要分心的，她反复强调，她这个儿子就是替国家生的。

三个故事，给人以不同程度的感动。这样的感动，藏匿于时光之中，如一根细线，悄无声息，却真实存在，温暖你我。其实，生活中的我们，只要点亮心头那盏感恩的灯，便可褪去时光铅华，感受到那些纯真的温馨。

见　喜

看见欢喜。

朋友擅长书法，写了"见喜"二字，裱成字画框，摆放在他的茶室茶桌上。

他的茶室，是我经常去的地方，像是心灵的避风港，忙碌之后，去那里放松，自在。每次喝茶，他都喜欢点上一炷香，那鹅梨帐中香气在茶室里弥漫，让人舒缓、安静。

我们经常在一起喝的三款茶是："绿雪芽"品牌里的白毫银针、云南的滇红金针、陈年熟普。边喝茶，边看"见喜"二字，茶室像是一道屏障，阻挡了外界的车水马龙和人潮鼎沸。

我见喜，心生宁静，当下清欢。

朋友做过很多生意，吃过很多亏，最惨的一次是投资金融茶，抵押货款的钱，还有自己积攒的全部积蓄都被骗了，家庭也发生很大变故。整整三年时间他是萎靡不振的，没和外界有任何联系。

直至有一次，他在一个村口看到普普通通的一家人其乐融融的场景，重新燃起了他重拾生活的信心：丈夫应该是刚从建筑工地上打工回来，脱下满是泥渍的外套，用布擦拭；妻子在门口自己搭的灶台上炒菜，嘴里还吆喝着让丈夫快去休息，衣服由她来擦；男孩才五六岁，一个人坐在草堆里玩石头……没有大富大贵，却是欢喜满堂。

朋友开始学做面食，后开面馆，经营了五六年，有了点积蓄，就开了家小茶馆，取名为"路过·自在"，意思是所有有缘路过喝一杯茶的人，不论过往和今后如何，此刻，当下自在。

因为一次文学讲座，我们相识，之后，我常会去他的茶室喝茶。有时候他在，我们就闲聊一会儿，然后各自安静，做自己的事。有时候他不在，我就自己一个人煮茶、读书、写作，一天的时间，用来独处，非常愉悦。如此，"见喜"成了一道风景，一位老朋友。

清晨见喜。起床，推开窗户，院子里已洋洋洒洒落下了阳光，麻雀在枝头雀跃，时而跳至地面上觅食，时而在草丛里戏耍，或突然静止不动，像个智者，若有所思的样子。而老树和我，都成了人间看客。

黄昏见喜。金灿灿的晚霞把大半个天空染成了金黄色，富丽堂皇的同时，似乎又显得有一些感伤。云朵有时候像蘑菇，有时候像鱼鳞，还有时候像小女孩手中的棉花糖。炊烟起，倦鸟归巢，劳作了一天的农人背着锄头开始往家里走，大娘坐在屋门口的石凳上拣菜、洗菜。石榴长得很好，红彤彤，沉甸甸。一个人在小道上边走边看，突觉人间真好。

冬日见喜。叶面上的露珠顺着叶面慢慢滑落，在叶尖凝结成冰，细细长长，像一枚银针。刚想着走向前去仔细观察，就那么十几步的距离，它就化了，美成了一个瞬间。原来，阳光在不经意间，悄悄溜出来了。银白色的霜慢慢不见了，原来开得比较吃力的花朵，微微笑，风一吹，花影在地面上轻轻摇晃。朋友又发来信息，约下午喝茶。读过一篇文章的名字叫《斜影照花故人来》，此刻，恰如其是。美国女作家梅·萨藤说过的一句话："如果一个人专心致志地瞧一朵花、一块石头、一棵树、草地、白雪、一片浮云，这时启迪性的事物便会发生。"

生活像一条河流，有高低起伏、有浪花、有急流、有平稳、有分叉、有回湾……但朋友说，灵魂被重新点燃过的人，生活是波澜不惊的。喜是喜，悲也是喜，抬头见喜，低头亦见喜。见喜，是生活的一种态度，河流日夜奔腾，且也伴随着它日夜奔腾。

人生低处见繁花

那年暑假,我去苏北地区做一场新书发布会,活动结束后,我选择留下来住段时间,感受下苏北的人文风情。

朋友知道我喜欢钓鱼,就带我去护城河边垂钓。一座大桥,桥下面有一大片空旷阴凉的位置,十多个钓鱼人排成一排,各自专注地抛竿、提竿,有说有笑。

我也找了一个相对角落的位置,打窝,拌饵料,调浮漂,开始正式做钓。流水比较急,需要浮漂调浮做钓,在浮漂随着水流移动的过程中,会有明显的钝口现象,提竿中鱼,很放松,也很开心。

临近中午,有了一些渔获,朋友来找我说,午饭就在桥下面吃吧。我本以为他要叫外卖,谁知道他拎起鱼桶,手指了指不远处,意思是那边就可以烧鱼。

这是一位历经风霜的中年男子,胡子拉碴,头发有些蓬松和凌乱,穿着车间的工作服,身上系着一条围裙,鱼腥味很重。见我们来,笑容憨厚,接过鱼桶,手脚麻利地开始杀鱼,刮鱼鳞,洗干净。

原来，今天这是他第三天"上班"——从家里带来一车"装备"：煤气罐、锅碗瓢、生姜大蒜辣椒等，在桥下面支棱起一个"移动厨房"，帮助大家烧鱼，只收5—10元钱的代加工费，米饭和山东煎饼、大葱等赠送。

起锅，烫锅，浇油，宽油，在锅的四周洒一些细盐，然后倒入四五条鲫鱼，煎至两面金黄，取出。洗锅，烫锅，浇油，放入葱姜蒜，干红辣椒，炒出香味，倒入料酒、酱油、鸡精、蚝油，再放入煎好的鲫鱼，加入滚烫的开水，煮个七八分钟，放入葱段，一道红烧鲫鱼就出锅了。

"太好吃了，真是太美味了"，我大声喊道。

中年男子边笑边收拾着厨具，有些不好意思，因为烧的过程中他还和我抱怨"生意"不太好。

"真的是人间美味，我都吃第二碗米饭了。"我又一次大声喊道。

朋友似乎也明白了什么，也大声吆喝起来："好吃好吃，一点没有鱼腥味。"

这几声吆喝，生意就来了，周围人都来代加工，没钓到鱼的和钓到鱼的都凑在一起吃饭。

有的干脆下午不钓鱼了，专门叫了朋友，自带板凳，在桥底下喝啤酒，闲聊，乘凉避暑。

后来，这位中年男子的临时厨房居然成了网红打卡点，来品尝他红烧鲫鱼的人越来越多，生意红火。有一位教书先生不会钓鱼，也来凑热闹，自己带了一壶茶，喝茶看书，他说，偶尔生活在别处，让喧嚣奔腾的灵魂小憩，很好。

我也经常往桥下面跑，一来一往，就和中年男子熟悉了，他原本是一位汽车修理工，因为一次意外，左手受了伤，吃不消干重活，加上别的工作也难找，看到河边钓鱼的人多，就想到了这么一个点子，赚点钱补贴家用。

他为了感谢我，每次我去吃饭的时候，他都会送我一小盆牛肉。牛肉很香，切得很薄，一口一片，很好吃。

我也专门去商品市场买了三十多把塑料凳子送给他，酸甜苦辣，谁的生活都不容易。

离开苏北地区后，我和他再没见过面，听朋友说，每年暑假，他的生意还是很好，他的爱人也参与到"移动厨房"工作队伍当中，红烧鲫鱼成了当地一绝。

真心为他高兴！

生旦净末丑，不论我们在生活里遭遇怎样的变故，扮演什么样的角色，只要热忱向上的初心不变，人生低处，则总能拥抱希望，终见繁花盛开！

生命里的暖

每次下班路过那条小街，我总能看到一位在街角卖烤地瓜的少年，少年十二三岁左右，皮肤黝黑，衣着简单，身上系一条灰色围巾，永远都是笑着面对顾客。起初，我并没有注意到这不起眼的少年，可是，时间长了，我观察到一个问题：少年卖烤地瓜并不像其他商贩那样卖力吆喝，他只是笑，浅浅的像一轮弯月似的笑。而他的生意却是络绎不绝，甚至有时会排起长队。人们买不多，花几块钱买个地瓜坐少年旁边边吃边和他聊天，聊得开心了，少年也会龇着牙笑。有些老顾客远远地看见他，便同他打招呼，意思是给他们留几个烤地瓜。

我觉得好奇，一次下班后，我特地跑到少年那里，买了两个烤地瓜，心想着给母亲也带一个，因为生意那么好，地瓜肯定好吃。出人意料，烤地瓜的味道一般，远远没有想象中的那种美味。

偶然一次，我问一个顾客：为什么他的烤地瓜并不是非常好吃，可生意那么好？从这位顾客嘴里我知道了少年背后的故事：他是一位孤儿，是一位老伯从小收养了他，原本这烤地瓜是那位老伯卖的，也是靠卖烤地瓜的收入把少年艰辛地抚养长大。可是前段时间，老伯中了风，行动不便，所以就由少年出来卖了。

他的故事渐渐被附近的居民知道，于是，买他烤的地瓜的人也就多了起来，这似乎成了一种习惯。

从那之后，每次下班我都会去少年那里买烤地瓜，看着身边和我一样买烤地瓜的人们，品尝着它的味道，再看看少年脸上那纯真的笑，我心里总是会被感动填满，这是生活中最真实、最平凡的感动。我知道，少年终究是幸福的。

朋友致电给我，说近期想在威海路696号办一次个人摄影展，问我有没有好的生活素材与主题，我沉默了会儿，肯定地回答他：

"有，主题便是：善心——生命里的暖。"挂掉电话，我的眼睛有些湿润。

被忽略的风景线

大学毕业后的这些年，一直一人在上海闯荡。因父母要求，今年在家乡金华开了一家分公司，遂暂回金华发展。

虽说是自己的家乡城市，可是生活起来却非常别扭，眼中所见的家乡，所交往的朋友等，总觉得没有上海那般高端大气上档次，似乎，和这座城市的相处，显得有些格格不入。

可是，偶然的一件小事，却彻底改变了我对家乡的认知和感受。

他是我们小区门口的"黑车"司机，皮肤黝黑，结实，随和，爱笑。

傍晚时分，坐他车，去车站接人。途中，他和我说，如果时间上不着急，他要去附近小学，接一男孩并送回家，男孩所住小区，就在马路边上，很近。并说，男孩每天都是他接送上下学，由其父母支付工资。

我一看时间，来得及，允诺了。他微笑着感谢。

男孩九岁多，活泼阳光，一上车，就翻书包，说今天学校教了什么课程、哪个老师有什么爱好、和同桌又玩了什么游戏等，似乎我们都是他熟识已久的好朋友。

第五辑　总有一处风景温暖你的心

到了男孩的小区，本以为他会在小区门口停下，却不料车子径直驶过小区，在其斜对面一小超市旁边停下。熄火后，他笑着拉住男孩的小手说——"今天帮叔叔去超市买包香烟再自己走回家，好不好？"

"好啊，好啊"，男孩一口允诺，背上书包，接过钱，奔跑着进了超市。

"原来，你开过小区门口，是为了让孩子去帮你买烟啊。"我笑着问道。

他没直接说话，示意我看看左边的后视镜——

我一看，原来，小区门口有一对年轻夫妇在吵架。

他拿起手机，通了后，礼貌地说道："孩子已经到小区门口了，你们……"

他挂上电话，我再看左边的后视镜，这对年轻夫妇便停止了争吵，相继站在小区门口朝车子这边观望。

男孩买烟回来，与我们告别，开心地背着书包过马路，走向小区。

车子缓缓启动，后视镜中，他们一家人手牵手走进小区，幸福、温馨……

原来，他将车子驶离小区，并让男孩下车买烟，是为了腾出时间告知孩子的父母，为了让阳光可爱的男孩不会因为父母的吵架，而在成长岁月里，心灵蒙上灰暗的色彩。

到达车站，下车告别，并致谢司机，他转身朝我微笑，用一口地道的金华话说——没什么，小事一桩。

小事一桩，多么不以为然的一句话，却让我敬意无限。

见微知善，原来一座城市美丽的风景线，并不是在我们眼中，眼睛所见或许会被真相所欺骗。可是，当以一颗宁静和豁达心去感知时，如久违的阳光一般，分外温暖。

如约而至

那日，恰逢蒙蒙细雨，在院子一隅，一场花期，如约而至。

撑一把伞，在花簇旁边，看花开，听雨落，稀稀疏疏，摇曳生姿。

若是在古代，伞下之人，该是一位女子，有着朦胧的心事，对花微语。

又或许，她也喜欢"如约"二字，小心翼翼来赴约，不早不晚，花都开好了。

煮茶，点上一炷香，安静和克制，俗世里的清欢弥漫而开。

自那以后，"如约而至"，是偏爱。

春天如约而至，万物复苏，花红柳绿，失意的人心里也装载着欢喜。

夏天如约而至，林间深邃，蝉鸣声声，流水潺潺，孩子们追逐嬉戏，童年趣味。

秋天如约而至，金秋漫野，像一本泛黄的旧书，或者是，一位沉默的老人，不语，少语，止语，微微笑，是人生智慧。

冬天如约而至，雪花飞舞，在雪地里，有人打雪仗，堆雪人，滚雪球。也有人相互依偎搀扶，看看留下的岁月脚印，一起白了头。

还有月季花、野蔷薇、白玉兰、蝴蝶兰、风信子、海棠、芍药等，一一如约而至。

日子明朗，小心或不小心遇见的，都是一份惊喜。人间多好！

"为什么？"她微笑道。

"因为，因为妈妈您的脸上有一块黑色的'伤疤'。我怕，同学们会嘲笑我，所以……"

听到这样的话语时，她先是一愣，继而心头一酸。此情此景，仿若当年，她便突然想起了那么多年，自己那疼痛隐忍的母亲。她背过身去，任凭眼泪滑出眼眶，对着残落的夕阳，轻声地念叨："妈，这些年，您受委屈了……"

在无声的流年里，她终于恍然。原来，世上的母爱，是一场从不曾间断的重复的辜负，而被辜负的那个人，即使是遍体鳞伤，也永远都，无怨无悔！

第六辑

内心笃定，
推开智慧的窗

永远不要忘记，不论外面的世界如何荒芜、黑暗、残酷与隐忍，只要我们心中有一朵寂静而勇敢的向阳花怒放着,笃定、自持，那么，生命就永远都有一种不可抗拒的力量，摇曳出斑斓姿彩，兀自温暖，兀自清香！

内心笃定的力量

一

1993年苏丹闹大饥荒，饿殍遍野，满目疮痍。当时知名的摄影师凯文抓拍到了饥荒中的一组镜头——

一只雄健强劲的秃鹫，盘旋在高空处，双眼恶狠狠地盯着地面上一个赤身裸体的小女孩，小女孩面色枯黄，饥饿难耐，正艰难地向食品发放中心爬去。她肯定是听到了那只秃鹫的鸣吼声，也知道它对自己虎视眈眈，但是，她所流露的目光里，虽然有着天性的害怕和恐惧，但更多的是，对于食物的憧憬和坚定，所以，她一直想在地面上尝试找一些掩体慢慢爬过去。

摄影师将这样双方僵持的画面拍摄了下来，然后赶走了秃鹫，待小女孩终于双手拿到食物时，失声痛哭。

我想，这里的哭声，有两层的含义：一是为不幸的灾难以及无能为力的痛楚而哭，二是为小女孩的勇敢和坚毅哭泣。

是的，任何的磨难与险境，都无法剥夺生命求生的本能，以及关键时刻内心所迸发出来的，决绝的笃定与力量。

二

1940年二战期间，德国对英国各大城市和工业中心进行了76个昼夜的狂轰滥炸，而伦敦就是受难城市之一。一时间，恐惧、逃亡、尖叫、悲观与死亡等，笼罩了整座城市，让人痛苦不堪，暗无天日。

但是，在伦敦肯辛郡的一座名叫"荷兰屋"的图书馆内，出现三名与众不同的男子，此时的"荷兰屋"已经是狼藉一片，屋顶被炸塌，钢筋、水泥、瓦砾遍地。但是这三名男子，却衣冠楚楚，心平气和地倚靠在废墟中的书架旁边，静心阅读，纵横在文字的海洋世界里，似乎漠然无视外面的战火纷飞，尸骨遍地。

二战结束后，这三名男子在废墟上阅读的照片流传了出来，感动了无数人。

战争是无情与冷酷的，它可以剥夺人们的生命，摧毁人们的家园，乃至危及整个世界的安危，但是它却无法泯灭，如这三个年轻男子一般对于知识的信仰。一旦，一个人拥有了内心笃定并坚持的力量，那么，所有的磨难与恐惧，都微茫如草芥。

三

闲暇时分，总喜欢去一家咖啡店里静坐读书，品茶。

店主是一位老人，一只眼睛受过伤害，失明了。所以，他的世界，只有一半的光明。

老人行动虽然不是非常方便，但周到、细致、热情，凡是第一次光顾的客人，都会送杯咖啡，送份小点心；凡是老顾客，都会给予消费打折；凡是喜欢读书的客人，都会为你准备好一本精美的小笔记本和一支笔。所以，咖啡馆虽然地处偏僻，但每天都是满满顾客。顾客们都不会大声议论谈事，生怕叨扰了这样一个安静优雅的时光空间。

老人爱种花、养草，咖啡馆的窗户上、木桌上、前台以及四周角落里，都有老人亲手栽种的吊兰、盆景盆栽等。他说，花草是人类最好的朋友，也是一种诗意的心灵，另一种生命的寄托。

去得多了，就听说过老人许多不同版本的故事，其中最让我不得其解的是，老人年轻的时候是个旅行者，喜欢到处爬山、探险，去过十多个国家，留一头长发，有些不羁与傲然，而他的那只眼睛，便是在探险之中受的伤。

后来，与老人细细交谈，才知道当年他受伤之后，觉得自己成了残疾人，也失去了那种冒险、追逐与刺激的生命梦想，所以一度迷惘、失落。找过很多份工作，都是以被解雇而告终。

之后，他淋了一场雨，想责问老天爷为何不公，但茫然之中，看到雨后草丛中一朵怒放的野花，似乎并没有因为风雨就放弃花开的美丽与权利，瞬间明白，人生百态，不同时候，不同历经和阶段，都可以有不同的繁华与锦簇，关键是要遵循自己内心的懂得与力量。

所以，他开起了自己的咖啡馆，将喜欢的花花草草搬回馆内，以馆为家，听别人的旅行故事，和顾客说自己以前的旅行故事，从此将忙碌、名利、浮华等放下，一只眼睛看世界，用另一只眼睛去听，一晃多少年，不负心安。

知道老人故事的人越来越多，这个故事自然也就衍生出来多个不同版本，但不论哪个版本，都能安抚那些在俗世世界中，因拼命追逐而摔跤跌倒的人，像一剂良方，治愈了迷惘与失落的红尘心。

是的，永远不要忘记，不论外面的世界如何荒芜、黑暗、残酷与隐忍，只要我们心中有一朵寂静而勇敢的向阳花怒放着，笃定、自持，那么，生命就永远都有一种不可抗拒的力量，摇曳出斑斓姿彩，兀自温暖，兀自清香！

生活应懂得"退让"

邻居去超市买了一盒保健品,送赠于丈母娘,可尴尬的是,没过几天,他便接到丈母娘的电话,说包装盒里都已有霉味,不可食用,邻居无奈,只得悻悻挂掉电话,准备去找超市负责人"兴师问罪"。等找到超市行政部门经理,一见面,邻居便劈头盖脸地对其臭骂一顿,而经理知其来意之后,马上诚恳致歉,并提出以原价十倍的价格赔偿。邻居见对方认错,并如此退让,一时觉得自己言语有些冒失,遂接受了赔偿协议,此后再没提起这件事。

我经常接到一些推销电话,电话中,对方侃侃而谈,问我是否需要其最新产品,我一口拒绝,反感不已。可有一次开会前,我接到一陌生女子来电,她的声音温腻柔和,态度谦卑,说关注我很久了,突然电话过来实为冒昧,电话来意主要是想和我见一面细聊,说如我现在正在忙,万分抱歉,只需告诉她下次接电话的方便时间,以好不会对我造成影响。交谈下来,我知其是一保险业务员,可我却觉得她非常知礼节,替我考虑问题,告诉她会后即可致电与我详谈。

思来想去，这里面都隐含着"退"的哲学，原本想大动干戈的邻居因为对方的"退"而平静地接受赔偿，并没有大肆宣扬；原本也是一推销业务员的电话，而我却因为她的"退让"与谦卑，愿意与其详聊。如此看来，"退让"真乃生活中的一门艺术。

古有布袋和尚所作的《插秧偈》——"手持青秧插满田，低头便见水中天。六根清净方为道，退后原来是向前。"这首偈非常形象地描述出"退"的智慧理念：很多时候，你急于求成地，或愤愤然不甘于心地去寻求自己的那片海阔天空，往往会是无果或不尽人意。而只有懂得谦卑，懂得弯腰和低头之人，才能寻见自己心中的那片蓝天，这低头弯腰便深藏"退"的修为。而插秧一边退一边插，每退一步，实则离完成的目标更近一步，"退"也是另一种"进"，退后原来是向前。

所以，生活中，我们没必要因一句无心之话而与朋友争吵不休，也不必为一件芝麻小事而与别人大打出手，更不必因一次简单输赢而固守执拗。只有懂得适时地"弯腰""低头"与"退让"之人，才是生活的真正幸福之人，是能赢得别人青睐与敬佩之人。

自然与宁静的相处

某个清晨时光，坐在窗前安静阅读，与浅浅时光相伴，惬意无限。

眼睛倦了，望向窗外，见满束温暖阳光直射进书房，明亮，有力。

倏地，无意中瞥见那在明亮处的尘埃与颗粒，在我眼前和四周肆意飞舞。我亲眼看见了这些污浊的东西，慢慢被自己吸入体内，瞬间觉得不舒服，直到再也坐不住，起身离开书房，而那一整天似乎都觉得身体不适，闭眼就似乎有尘埃在晃动，心情也很压抑。

偶然一个黄昏的午后，从外面归来，便进书房，躺在沙发上听音乐休息，谁知，似乎是一个打盹恍惚，便匆匆到了吃晚饭时刻。站起来，伸了伸懒腰，刚准备走出书房，心头突然出现一个念想——那污浊尘埃呢？

是啊，尘埃哪里去了？依然是这个空间，尘埃没有少，也依然被自己大把大把吸入体内。为何，之前亲眼所见它们的存在反而让自己无限痛苦，现在淡忘它们，不刻意寻找它们，反而觉得舒服安然呢？

那顿晚饭，我陷入了沉思之中——因为阳光的折射，所以，尘埃特别鲜明，也就让我特别关注和在意它们，那么本身渺小的它们被放大，污浊被放大，对我的影响也被放大，自然我就不开心了。而因为黄昏时光，光线不是非常强烈，肉眼看不见尘埃，也就遗忘了它们，虽然有污浊存在，但因为自己的不在意，它们对自己没有丝毫的影响，反而让自己获得了格外的宁静与舒坦。

倘若尘埃便是我们身体的疾病与残缺，生命的苦难与挫折，那么，同样道理，刻意在乎与害怕式的过分关注，疾病会越来越严重，甚至没病也能惶恐出病来，残缺会成为自卑的理由，苦难与挫折会成为一生的风雨；而豁达，从容视之，和它们学会和平与宁静地相处，让它们成为生命自然而然的一部分，那么，生命安详，幽雅芳香。

是啊，就连最痛的痛苦都能成为你生命里的朋友，你还有什么理由不幸福呢？

欢喜一朵花瓣的飘落

大学刚毕业那一年，步入社会，遭遇了种种的不公待遇，甚至是他人的嘲讽与厌恶，说我没能力，不是可造之才。于是，失意，落寞，不甘心等种种忧愁围绕。

偶然一次，出门闲步，想排遣内心的苦闷。

见马路边上，一位穿着简单的环卫工人在打扫马路，时不时有路人，从车子里面随手扔下一些脏东西，可是环卫工人，都是很耐心地俯身捡夹进垃圾车内。只是，这样反复卑微的过程中，阳光下的环卫工人，一直都是微笑着的。

觉得好奇，遂上前去同他聊天，问他为何如此开朗，不会觉得有些委屈和不甘吗？

环卫工人说，年轻的时候也确实努力过，现在退休了，有这样一份工作挺好的，自得，安心。见到环卫工人如此乐观，于是，我选择吐露心声，想听听他的建议。

环卫工人笑着说：人生啊，不是说，高高在上，就有光芒，而普通岗位,就多卑微,各有各的难。哪个人的一生,不是起起落落,折腾几回。不要太在意他人的眼光,只要你自己不要看不起自己,相信自己,那么,你就是快乐与命运的主宰者啦。

简单的话,却让我似乎有所悟。只是,心情依然不能全部释怀。

告别环卫工人,回到小区,我坐在林子的石凳上,突然几瓣花瓣飘落而下,落在衣袖上,闻着花香,再抬头仰望,突然明白——

原来,人生,虽然处在最低的位置时,看不到花朵绽放的美丽,然而,却不会错过,花瓣飘落时,在风中,悠扬飞舞的浪漫。只有这样,自己才可以亲近生活,亲近自己的心灵,明白自己真正需要的是什么。

终于释然,深呼吸,展开双手,拥抱蓝天。

再次投入浩瀚如海的人潮里工作,坚定自己,不卑不亢,果然,在后面的几年里越来越好,真诚的朋友也越交越多,似乎,所有的欢声与笑语都在向我招手。

感谢那位普通的环卫工人的点醒,感谢命运的无声安排,让我明白,生命中的进退,于自己,都是欢喜的事情,是一个自然而然的累积与成熟的过程。

是的,从容生活,朴素,欢喜每次的风雨与洗礼,欢喜每一朵花瓣的优雅飘落。

让杂草绚烂成花

每次回乡下老家看望亲戚时，我们都会住回曾经的老房子里，但因为全家人都外出，房子许久无人居住，偌大的门前泥土空地上，居然长出一大片凌乱的杂草，密密麻麻，实煞风景。

为此，每次回来父亲都会大动干戈，请上三两好友，将这些肆意生长的杂草一一去除干净，再买上几株盆景，摆放门前。如此，微风拂过，在阳光的映衬下，一切都瞬间清新明媚起来。

可是，等我们重新回城里居住，一段时间过后回老家时，老家门前又是荒芜一片了，它们大有"你进我退，你退我进"的持久战攻略意图，几经折腾下来，我们一致认为，杂草作战能力顽强，房子也反正不常住，就随它去吧。

时光荏苒，一晃，大家都已是一年多没有回去了。

这次，我因为出差路过老家，就回老房子看了一看。可是，不经意的一次归家，却让我发现了门前焕然一新的美丽——依然是杂草一片，但这次却是整整齐齐，错落有致，风一吹，一起随风摆动起来，舒舒眉，扭扭腰，喜气洋洋，像是在欢迎主人归家。再仔细一看，杂草的中间有空缺处，走近，原来是一小道，直接可以随这小道走回老屋中，虽说没有亭台楼榭，但曲径通幽处，依然让人心喜莲花开。

是谁将自己老家的门口整成了优雅的景致呢？正疑惑中，不远处传来一声咳嗽声，原来是村口的老王，交流后知，现在整个村上都在规划，村上垃圾都由他一人负责打理清扫，对于一些废置的老房子，也是他一人负责整体的环境和面貌。

老王说着朴实的方言，表达比较乱，但我却大致明白了他的意思——杂草是除不掉的，春风吹又生，但是，我们却可以捕捉它们的生长规律，进行修剪和栽培，如此，再凌乱难堪的杂草也能在你的精心呵护下，绚烂如花，成为一道别致的风景线。

告别老家，坐上回省城的高铁，想想老王，再想想那些杂草，内心突然明白——倘若烦恼如杂草，那么，有些烦恼永远也除不掉，也不必除，最好的让自己快乐与幸福的方式，就是心念清净，让烦恼摇曳生香，绽放如花！

屋前月季

屋前种了月季，开花了，一簇一簇的红，非常漂亮。

浅红色的花瓣，一瓣紧挨着一瓣，层层舒展，惹人喜爱。风一吹，在绿叶丛里，轻轻摇晃，像是古代婀娜女子在梳妆打扮，或是翩翩起舞。

偶有蜜蜂，或蝴蝶，会在花瓣之间停留。有时候，它们成群结队地来，待黄昏，小伙伴们都离开了，剩下一只或两只在花瓣间、绿叶里迷路了，但好像也不着急，花间借宿一宿，也是人间美事。第二天醒来，与路边慢吞吞爬行的蚂蚁，都成了好朋友。

于我，这些月季花也是好朋友，可以促膝倾谈。忙碌了一天，归家，换双拖鞋，闷壶老白茶，月季花前坐下，凝神注视，月季花的美印入眼里、心里，一天的疲惫瞬间消失。赏花、品茗，短短的时间里，世间十大雅事我就占了其二，幸哉，幸哉。

台湾作家林清玄说，"会看花的人，就会看云、看月、看星辰，并且在人世中的一切看到智慧"。多好，我非常愿意成为那个会看花的人，透过看花，看到俗世与迷顿之中的自己，看到喜悦，看到自在和清净，看到放下。

可是，突如其来的连续几天暴雨，月季花被侵袭得惨不忍睹：有的整朵花都被打落折断下来，有的只剩下稀稀疏疏的几瓣。零零碎碎的花朵在地面上横乱着，有些已经全部或一大半被埋于泥沙之中，再无美丽可言。

我心疼，拿了剪刀、绳子和树枝，进行花朵的简单修剪，进行花枝固定和抢救。但是已经被打落在地的零碎花瓣们只能无奈叹息，不知如何是好。

在书房里，安静读书，读到洞山良价禅师说的一句话，"银碗盛雪，明月藏鹭"——用一个纯银打造的碗，去盛那纯白色的雪，一切尽显纯白；明月皎洁，普照大地，一群白鹭在月光下栖息或飞舞，清净之心，洁白纯粹之美，随遇而安，随喜赞叹。

我忽然有了灵感，提了一个竹编篮子，去屋前捡起那泥沙之间的月季花瓣，用清水一瓣一瓣洗干净，找来一个龙泉青瓷的蓝色瓷盘，盛满清水，将月季花瓣在盘中铺开后，摆放至我的书桌上，如此，花瓣们的生命又重新活了一遍。

凋落之后的重生，一场无情的暴雨，成就了另一道风景线。

花开艳丽，饱满绽放是美；花瓣凋落，泥沙尽染也是美。人生行路，起起落落，"行至水穷处，坐看云起时"，困楚绝望之时，想想凋落的月季花瓣，这是生命的救赎。

真正治愈痛苦的方法

朋友家境很好，大学毕业后到了其父亲的公司，担任副总经理一职。

那日，朋友给我打电话，说自己住院了，非常严重，希望我们这些好朋友都能去看望他，带给他战胜病魔的勇气。挂上电话，立即放下手边工作，赶往医院，一路心情忐忑，为朋友担念。

到了医院，病房内早已站满了人，钻进人群，询问才知，原来，朋友只是踢足球时不小心摔了一跤，轻微骨折，脚腕处红肿。

朋友见到我，又特意喊了下疼，说感谢我去看望他，说这一次他真的是倒了大霉，伤得如此严重等。我坐在朋友旁边，安慰并鼓励了几句，让他好好保养身体。

起身，准备离去，胳膊被人拉了一下，一看，是朋友的母亲，她是该医院的护士长。

朋友的母亲将我拉至一旁，悄悄说——你看我这儿子，从小娇生惯养，没有吃过苦，现在脚伤了，觉得是天大的事了，天天喊朋友看望他，嘴里喊着疼痛，精神非常低迷，甚至有时会拒绝护士要求的吃药和打点滴等，我怕这样对他打击太大。

我明白朋友母亲的意思，她是想让我去劝劝她儿子，告诉他要学会直面痛苦，明白，这种脚伤算不上什么，安心静养几日即可，如果情绪波动太大，反而会引起更大的麻烦。

我微笑回复朋友母亲说："能否安排护士推车让他去一些重症病房转转，看看。"

朋友母亲允诺，说去试试看。

安静过了数日，突又接到朋友的电话，说出院了要请我吃饭，让我务必参加。

在餐厅见到朋友，他赶忙过来握住我的双手道谢："我去了一些重症病房门口，看到那些因为车祸失去一条腿，而几度昏迷的病人；因为工伤，失去自己几个手指头，而哭天喊地的病人；因为癌症，而不断化疗却又无可奈何的病人时，我明白，我的脚伤根本算不了什么。更重要的是，这次体验，让我明白，世间事，除却生死，都是小事，生活中一些微小的痛苦、挫折等，真的不算什么，以前的我，太渺小了……"

见到朋友的真心感悟，我非常开心，以前我们也经常相聚，每次和他说起人生哲理时，他会马上打断我，让我别说一些酸不拉叽的话，听不进去。而这一次"痛苦"的切身体验，让他豁然开朗。

是啊，经常会有人抱怨"痛苦"，觉得"痛苦"是一种人生的折磨与不堪。其实，真正化解和治愈痛苦的方法，就是去品尝、体验和理解，更大、更深的痛苦！

学会微笑

曾经有一对父子，脾气暴躁相近，整日争吵不休，甚至还会大打出手。后来烦恼不堪的两人纷纷单独去求助一位德高望重的牧师，在牧师的吩咐与安排下，父子二人终究重归于好。牧师的吩咐是：学会微笑面对对方，不论是在怎样糟糕的心情和恶劣的环境下。

曾经有一架客机在飞行时遇上意外，随时都有可能发生坠机事故。乘客们十分慌张，躁动，哭泣，埋怨，混为一片……但在这样一个关键时刻，训练有素的空姐们，面带微笑，给乘客们讲故事，陪他们聊天，给他们安慰和鼓励。她们的微笑在混乱与埋怨声中始终如一，温暖如花。最终，乘客们被她们的微笑、镇定与乐观的精神所感动，逐渐安静下来聆听她们所讲的故事，直到飞机安全降落。

曾经有一个推销员，在推销一套财富杂志的时候，有五次被人拒于门外，甚至遭受嘲笑。可是，第六次，他终于推销成功，原因是人们被他一如既往的执着的微笑所感动。

一个简单的微笑，拯救了陷于危机的父子情谊；

一种内在的、善良的微笑，让乘客们忘却了灾难来临时的恐慌；

一种持续的、真诚的微笑，打动了人们的心灵。

的确，世界上没有一块冰不会被融化，没有人会拒绝微笑。

微笑如春天和煦的风，抚过人们脸上的忧愁，带给大家愉快、清新与自然；微笑是清晨的第一缕阳光、第一声鸟鸣，带给人们温暖与幸福；微笑是维系亲情、友情与爱情的纽带，是生活中的一道灵符，任何事情因为它而变得牢固、夯实与坚韧。

微笑是一个动作，一份自信，一种洒脱；微笑是一种智慧，一种品质，一种涵养；微笑是一种心态，一份真诚，一种善意；微笑是一份坦然，一种豁达，一种境界。

或许，生活免不了烦恼、挫折与苦难，可是，只要你学会微笑；

或许，风雨无常，经常会有突发的意外、险境，可是，只要你学会微笑；

或许，人生如惊涛骇浪，时有潮涨，时有潮落，可是，只要你学会微笑；

只要你学会微笑，那么一切的窘境、风雨与低落，都只是暂时的，幸福终会在微笑过后来临。拥有微笑，闲庭信步，悠然自得；拥有微笑，天高云淡，云卷云舒；拥有微笑，海阔天空，惬意无限。但这一切的前提是，你的微笑，是发自内心的、真诚的与友善的，只有这样，微笑才可以真正发挥出它的力量，生命才可以真正因微笑而绚烂多姿。

微笑是在友善的土壤里，开出的一朵洁白无瑕的花；是冲破阴霾，直上云霄的气概；是人们心灵深处的谛听与真挚的呼喊。

那么，从明天起，让我们学会修身、养性，微笑面对自己，微笑面对生活中的每一个人，微笑面对风雨飘摇中的一切……

有月亮的晚上

夜已深，我无意睡眠，披了件外套，出门，一人行走于夜色之中。

白天有下雨，路上还有些坑坑洼洼，月亮正从身旁的树梢后升了起来，透过树缝淡淡地泻在地面之上。它仿佛有脚，轻轻悄悄地跟着我挪移了。风吹过来时，带着深夜的凉意，如海潮一般，时强时弱。周围响着树叶与枝丫之间的窃窃私语。

山风习习，山峦沉默，无人告诉我此时花朵的盛放与凋谢。

月光如水，清澈而又迷离。无人能透过月光看到我脸上瞬间掠过的那些怅惘。

月色淡然，带着深夜的幽然。

刹那间，我的脸上，仿佛突然掠过一丝的忧虑与不安。

这究竟源于何？

是因为在这一轮圆满的清辉之中感到自身的缺失与不足吗？

是因为眼前一直向前延伸漫长地看不见终点的路吗？

是因为在这样的月夜之中，感到自己对人生的轻描淡写吗？

的确，这是一种朦胧的忧伤，尤其是在这样的深夜，对于前路的茫然不知，让我感到了前所未有的迷惘与畏惧，仿佛人生，一切都没有了启示与征兆。无法找到出口，无法找到停歇的驿站。

继续前行，来到一湖畔旁边，眼睛所及之处，看见两朵莲花相互簇拥着绽放，所有的花瓣都以最饱满的姿态向周围展示着，月光下，如出水芙蓉，清香远溢，粉黛迷人。

这样两朵粉嫩娇弱的莲花，在黑夜之中，却有一种狂野的力量，一种不顾一切的要向外绽放的力量，着实让我吃惊。

难道它不知道，这样的深夜，是很少有人欣赏得到它的花开之美的吗？

难道它不知道，它注定是要凋谢的吗？在若干时间之后，就会幕落花凋。

难道它不知道，不论花开花谢都只是一场寂寞的演出吗？

可又为何，它要如此的顽固与坚强，愿意用尽全力来演好它的一生？

平凡如它，我也只是在特定的时间里做着自己本能的事情；

渺小如它，茫茫世界中，我扮演的也只是一个并不起眼的角色。

它处在水中，会有一些全然不知的暴风雨水的侵袭。却依然淡定，没有逃避花开。

它明知道一生的短暂，却依然执着向外展示着自身所有的美好，不顾一切地绽放，没有丝毫的畏惧与害怕。

如此的淡定、执着，是我所能及的吗？

想着这些，不禁自卑自叹。对于前路的不可知，我是否依然要迷惘与畏惧？或者脚踏实地，坚定地往前走？不管人生中，是怎样的没有预示与缥缈，我想我应该如莲花一般，用尽全力演绎好自己的一生，不必害怕与后悔。

如它，淡定，执着……

我得感谢：在这样的月夜，有这样的莲花，还有那一层朦胧的哀伤。

晚风凉爽，月光如水，月色迷人。

临摹裂缝

有一非常出名的临摹师,其临摹技艺超群,享誉圈内。他带有三个徒弟,每个徒弟都几乎得到了他的真传,临摹真品,胜似真品,更在颜料、颜色和纸张素材等细节方面,处理得精致惟妙,只是他们在为人处世和心态修养上,未及师傅,个个都恃才自傲,接别人的活计时,都显得很清高。

临摹师准备收山,退出江湖,过恬淡安寂的隐居生活。在正式退出前,他想以一次考验的形式,让徒弟们懂得谦卑,让他们知道他们并未掌握最高超的临摹技艺。

临摹师把徒弟们聚在一起,然后从私藏箱子里拿出一幅壁画,当临摹师拿出这幅壁画还未说话时,就有徒弟等不及说:"师傅,您是不是要让我们临摹这幅壁画?如果是,那不必考验了,我们保准个个都是满分。"是啊,在徒弟们眼中,临摹已然是小菜一碟。

临摹师微笑,只见他将壁画平整放在桌面上,用手掌撑住壁画左右两边,稍微地用力,壁画中间就出现了一条裂缝,然后他把壁画朝墙壁上挂起,让徒弟们开始像刚跟师傅学习时一样用心临摹,谁若能临摹得完美精致，谁就能得到师傅亲手赠送的礼物。

临摹开始了，徒弟们个个屏息专注，想在师傅面前一展技艺。时间一分一秒过去，原本三个徒弟都信心满满，觉得这临摹是小菜一碟，可是，当他们将壁画周围的颜色、布局、风景等都临摹好后，准备临摹中间的那条细缝时，个个都愣住了，不知如何下手。因为细缝虽不大，但是壁画不同的微动状态时，细缝的形状也会改变，这一条小小的细缝，居然成了他们的难题，直到一个小时结束后，临摹也没有完成，个个尴尬不已。

这时，临摹师傅起立，不语，轻轻离去。徒弟们把壁画取下来，想看下细缝到底如何临摹，只见壁画的卷轴里明显藏有一纸条，纸条上面写着几行字：

技艺再高超，也无法临摹自然的裂缝；声誉再尊贵，也无法控制自然的风雨，在这世上，要想超越自己，赢得他人永恒的尊敬，唯有谦卑谨慎，孜孜不倦地探索，心诚，戒傲，如此，手中的笔才能有画魂。临摹的最高境界就是自然、随性、脱俗，而不是在自己的世界里孤芳自傲。

徒弟们读完，羞愧不已，各自低下了头……

是的，裂缝是时间的艺术痕迹，风雨是人生历经的必须，它们不会因为我们的名誉、身份和地位而改变。世间任何的技艺，最高超的永远都是一颗自然而然，不谄媚、不孤傲、不自卑的懂得谦卑的坦然与坚定之心！

我们的灵魂舒坦吗?

一个黄昏的午后,一位学生到我家来玩,走进书屋,看到满满的书时,惊呆了:

"老师,这么多书,您全看过吗?是不是只是摆设?"

"不是摆设,老师是真心喜欢书,因为老师只有不断保持知识更新,才能不断拥有新的知识去传授给你们啊,总不能江郎才尽吧。"话毕,我将一本林清玄的《心美,一切皆美》、一本张晓风的《一一风荷举》、一本刘亮程的《一个人的村庄》和一本席慕蓉的《透明的哀伤》这四本书从书架上拿下来,赠给她,让她带回家去读。她小心翼翼地接过书,满心欢喜。

年底,我要离开上海,回浙江老家,她单独约我吃了顿饭。饭后,从书包里取出四本包装精美的书,递给我,起初我不知道是什么,后经她提醒,我突然想起昔日借她书的瞬间,相视,微笑。

"看了这些书你有什么感想?"

"老师,我以前喜欢看武侠小说,喜欢看穿越、玄幻,甚至是青春小说，都爱不释手。但看了老师您推荐的四本书后，我突然觉得自己长大了，灵魂受到了一次洗礼。因为，那些小说，都是快餐文化，看的时候很入迷，看完就过去了，什么都没了，多年后都不记得里面讲什么。可是，老师您推荐的书，一开始看，觉得难，后放在床头，经常翻看，我居然开始慢慢喜欢上了那样灵性、沧桑而蕴含哲理的文字。我想，我和这些文字是心灵相通的，文字让我慢慢成长，心生敏感与睿智；而我在逐渐成长的同时，更加深层次地懂得了这些文字的内涵与意义。它们，让我的灵魂很舒坦。"

那一晚，我躺于床上，辗转难眠。倒不是因为内心烦乱，而是因为幸福与满足，因为一次简单的善意的付出，便带给一位学生与众不同的人生体验，她的成长是我的骄傲。如此想着，文字真是有意义的，好的文字，能滋润人生心灵，净化灵魂。

著名作家刘墉在给儿子一封信中写道："我死了，我不会给你任何的金钱、房子、权位等，但我会给你一间我的书屋，那里面都是我曾读过的书。如果你想了解你的父亲，那么去读那些书，因为书里面有我阅读时做的笔记，它们蕴含着我的思想；如果你想超越你的父亲，那就请你去阅读更多的书，汲取更多的知识与人生经验……"

的确，人生如惊鸿一瞥，匆匆而又茫茫。或许，每个人，总有最精彩、最骄傲、最美丽动人的时刻，但是鲜花会过去，掌声也会过去，所有的曾经都会过去，那么，唯有著书立说，唯有传道授业，唯有用文字给心灵排毒，才能让这样的美好生生不息。

如此，我们每个人都要扪心自问下，人生风雨并肩那么些年，我们的灵魂，它舒坦吗？

有没有一朵春天的花，为你而开

与他相识，是在一出版社举办的笔会上，当时的他，已经是出版行业叱咤风云的人物，所策划包装的图书，多是畅销且具影响力。

原本以为，如此风光夺目的他，应该会在笔会交流中侃侃而谈，抑或正襟危坐，一派大家风范。困惑的是，自始至终，他都是面带着微笑，谦虚安静地听他人阐述观点，适当时点头示以赞许，没有丝毫的自傲与居高临下之意，让我不油然地对他敬佩不已。

巧的是，当天晚上，我和他刚好被安排在一个房间休息。于是，那一个安寂却又短暂的夜晚，成了我们彼此倾谈的伴奏曲，静谧，悠然。

原来，他的光芒，并非与生俱来，他那成功的翅膀曾经受过伤。

当年他大学刚毕业，兴冲冲，踌躇满志地跑来上海，以为上海就是一座金色的城市，可以让他出人头地。可是，高昂的房租，拥挤的交通，普通的工资，快节奏的生活，还有那格格不入的城市文化，这些残忍的现实，让他处处碰壁，甚至一度付不起房租，晚上跑到广场上和民工们一起过夜，夏热冬冷，漫长无期。有一次，一觉醒来，身上仅有的几百块钱也不翼而飞。那时，他简直崩溃到了极点，来来回回不停地找工作，为谋生计，一个重点大学毕业生，沦落为餐厅服务员。

幸好，他及时地调整了自己的心态，没有在那段孤独与阴霾的日子里沉沦，从服务员做起，到自己开始尝试摆地摊，开网店，后做服装生意等，一步一步，在苦难中挺了过来，日子便也在逐渐流逝的光阴中好了起来。不必为生计忙碌后，他又开始追求当初的文学梦，开始白天出门交际应酬，夜晚通宵写作。一段时间下来，他开始慢慢闯出了自己的事业和名气。可正当他想集结资金，注册公司，准备放手拼搏时，却被一身边的好友，骗去所有的注册资金，然后逃之夭夭，多年的积蓄，重归于零。

他开始满世界地找骗他资金的好友，去派出所备案。可是，所有的努力，都无济于事。被骗，像败下阵来的士兵，精疲力竭。他退了租房，换了手机号码，收拾行李，决定悄悄离开上海，告别这原本就不属于他的城市，去乡下找份普通工作，安静谋生。

那是一个春日的午后，阳光浅浅地照在他身上，他蹲在火车站点的石凳上，抽烟，等车。恍惚中，突然耳边传来了轻微的咳嗽声，循声而望，是一盲人乞讨者，坐在微风里，行乞。他起身，从口袋里掏出零钱，走向前，置放于盲人行乞的碗中。

许是有同病相怜的感觉，他也觉得自己是落荒而逃的失败者，遂与盲人闲聊了起来。他在他的面前自嘲自己是个懦夫，在上海奋斗了五年多，结果却一无所有。说着说着，他的眼角溢淌出微咸的泪。其实，他是不甘心的，可现实如此，他无可奈何。正在他倾诉完毕，准备转身离去时，盲人对他说了一句让他永生难忘的话——你就别再埋怨与自责了，在这样美丽的日子里，你能看到墙角柔嫩的花朵，多好啊，要知道，我有多羡慕你。

他似乎瞬间恍悟了，他的眼前还有光明。在这生机盎然的春天里，还有一朵花为他而开放，静然，美好，从不怯懦于生活的残忍与不公。

在火车轰隆驶向于他的时候，他仿佛觉得那是他新的生命的序曲。于是，在一无所有的情况下，他选择了重新开始，开始以饱满与坦然的心态迎接那些马不停蹄的失败与打击，终慢慢做出了自己的成绩，开了图书出版公司，成就了一番事业。

我们倾谈完毕，已是第二日清晨，拉开窗帘，阳光便斜斜地映进了房间，心被温暖，我突然急着要打开窗户，往外观望，是的，我在寻找，那一朵，属于我的生命之花。

这个世界，不论你是怎样的一个人，卑微或者残缺，在那似锦的春天里，总有一朵花是为你而开的，带着淡淡芳香和与众不同的艳美。其实人生，就是追逐一朵花开的过程，只要开花的心不败，那么，再残酷的风吹雨打和再迷惘的黑暗，也无法阻止它迎向苍穹，积极绽放光芒的力量。

而每一朵花，需要历经凋零，才能真正拥有那生命的极致之美……

屋前的小菜地

老家屋前有一块菜地，就几平方米而已。早春，盛夏，浅秋，深冬，父亲会根据季节更替，在菜地里种下时令蔬菜，然后母亲发微信给我，让我回老家拿菜吃。

父亲种菜，母亲吆喝，菜地成了他们的心头宝，时时看护。

"儿子，你父亲给你摘了一篮子苋菜，回家拿。"

"儿子，这些白菜再不吃掉，就太老了，有时间就回来吃。"

"儿子，别老点外卖吃，菜地里小青菜长了很多，枣和石榴也可以采摘了，记得回来。"

起初，母亲的嘘寒问暖我觉得很亲切，又可以回老家吃时令蔬菜，是件幸福的事。

可渐渐，母亲和我联系频繁起来，当有时我工作忙碌，或者心情不是很好、想一个人安静的时候，母亲的催促和关心的微信，便成了一种压力。

于是，回微信就成了一种敷衍，更害怕的是，每次回了老家，母亲就会在我身边说很多很多村里村外、她小时候、我小时候等的事情。在我看来，就是鸡毛蒜皮的小事，她却像个孩子一样喋喋不休，甚至还会要求我去回应她，不能敷衍。

原本工作压力就大，回老家当是心情放松，这样一来，心就更烦了。

终于有一次，我大声怼了母亲，让她不要老是烦我，然后匆匆开车回到自己城里的家。

空气瞬间凝固。这一次我开车离去，母亲没有慢慢跟随其后，而是立在原地，任凭斜风吹乱头发。

一段时间很安静，相安无事。

我的新书要出版，我想和母亲去分享好消息。突然发现，她已经很久没给我发微信，朋友圈也未更新，心里五味杂陈。

开车回老家，家里没人，邻居告诉我，父亲带母亲去看咳嗽，母亲这段时间一直咳嗽得厉害，前前后后看了很多地方都没看好。

心里如针刺般难受，电话打给他们，许是在忙或静音，没接。

我坐在屋前的菜地边上，茂盛的菜在这狭窄空间里挤得满满当当，大蒜叶、香菜、青菜、球菜等，绿油油，欣欣然的，似乎都在朝我微笑，像熟悉的陌生人。

邻居说，这些菜你父母都舍不得自己吃，总是说要留着等你回来带到城里去吃，自己种的卫生干净。你父亲每天都会精心照顾它们，而你母亲则在菜地四周围上篱笆，担心猫猫狗狗会进去破坏，她经常会早起去江边、树林里捡回石头和树枝，一趟又一趟，慢慢做成围栏……

父亲天生沉默寡言，而母亲又会时时想我。我的世界很大，有自己的事业，每天见不同的人，忙忙碌碌。可父母亲的世界很小，小到只有屋前的这块菜地，菜地里种着的，是对我的牵挂和思念。

他们想用菜地和我拉近距离，而我却硬生生将这距离拉远，甚至逃避。

他们终于回家了，我关心了一下母亲的病情后，责怪她为什么不早点告诉我，我可以带她去看好医生。她没说话，走到厨房洗菜，准备为我炒菜做饭。我又赶至厨房，像小时候犯了错一般轻声和母亲说，以后会经常回来，因为喜欢吃父亲种的、母亲炒的菜。

母亲终于笑了，眼眶红红的……

我曾经一直以为，对父母最好的爱，是作为孩子有出息，能让他们衣食无忧，多给予。后来我才慢慢明白，原来爱除了给予，还要学会恰到好处的索取，然后以索取的名义常回家看看，多陪伴。

屋前的小菜地，是藏匿于岁月里的爱的纽带！